# RIVERVIEW

Álvaro González Alorda

Álvaro González Alorda

*Media vida en busca de un corazón habitable*

Título: *Riverview*


ISBN: 9798542343020

Corrección y maquetación: Javier Arroyo

Diseño de portada y composición de cubiertas: Pedro Viejo

*A mi padre, que emprendió su último vuelo*
*pocas horas después de que yo terminara*
*de escribir esta historia. Y a mi madre,*
*que lo amó con amor verdadero.*

Mi querida Andre, me pregunto si se puede perdonar a una amiga que te ignoró durante diez años, a una amiga que no contestó tus llamadas ni respondió tus mensajes, a una amiga que ni siquiera acusó recibo de tus postales. Pero no a una amiga cualquiera, sino a tu amiga del alma, a tu hermana elegida, con quien trepabas a aquel arce frente a tu casa para intercambiar secretos o para entrar en tu habitación por la ventana. A la que prestaste aquel vestido largo, verde agua, estampado con flores, tu preferido, para su fiesta de quince años. Con la que en verano te bañabas de noche en el río, a esas horas que tanto nos gustaban porque los mayores pensaban que estábamos dormidas y no sospechaban que andábamos de fuga. Porque eso fue nuestra infancia, una fuga imperfecta, en la que soñábamos viajes a países lejanos o listábamos cualidades imprescindibles en un novio ideal. Para el que en realidad nunca tuvimos tiempo, porque aquellos chicos no nos entendían, no eran capaces de seguirnos el juego, a nosotras, dos ardillas inquietas saltando sin cesar de rama en rama, a las que el aburrimiento les parecía intolerable y que no dejaban de hablar ni un segundo. Tan intensas éramos que las monjas ya no sabían cómo ubicarnos en el aula, porque siempre encontrábamos la manera de seguir comunicándonos, ya fuese por gestos, dando golpecitos en la mesa o lanzando aviones de papel con mensajes escritos en las alas. Como ese que se posó en la mesa de la hermana Pruna, la más severa, a la que tú dibujaste como a una ballena con cofia, y que nos costó una expulsión de una semana, noticia que recibimos con gozo y para la que, inmediatamente, empezamos a hacer planes. Pero, de pronto, esa misma tarde, sucedió lo de tu madre, el maldito accidente que truncó tu infancia, la nuestra, y te hizo, sin preaviso ni manual de instrucciones, madre de tus hermanos y casi esposa de tu padre. El pobre ya nunca levantó cabeza ni se responsabilizó de nada, que para eso estabas tú, la organizadora, y yo, la inseparable, ayudándote a preparar tamales, a tender la ropa o a tomar la lección a tus hermanos. Y sin darnos cuenta se nos olvidó que éramos niñas y elegimos carrera, tú en Medellín, para seguir cuidando de todos, y yo fuera, primero en México y luego en España, cuanto más lejos, mejor, para escapar de mi familia, para viajar por el mundo, para casarme con quien me diera la gana. Ay, Andre, tú siempre estuviste dispuesta a escuchar, de día o de noche, las aventuras y desventuras de tu amiga multinacional que hoy te llama desde Londres, mañana, desde Berlín y el fin de semana retoma la conversación mientras recorre en bici Copenhague. Pero entonces empecé a conocer a gente influyente, a enredarme, a desatender tus llamadas y mensajes, a *despriorizarte* con la excusa de que andaba siempre viajando. Por vacaciones, en clase turista, por trabajo, en ejecutiva y, desde que me nombraron presidenta, ya solo en primera clase. Tan boba fui que hasta llegué a creerme importante. Y así se me fueron los años, de comité en comité, de hotel en hotel, con comidas de trabajo en restaurantes maravillosos, con carro de empresa y chófer, con entrenador personal, con un bonus hiperbólico, con una agenda desquiciada. Y, a la vez, tratando de formar una familia, luchando por tener una vida equilibrada, haciendo meditación y yoga, manteniendo la dieta a raya, con una agenda social tan estratégicamente diseñada que no dejaba espacio ni para mi amiga Andre. Hasta que, avergonzada por no haberte contestado tantos mensajes, aproveché un cambio de celular para apartarte de mi vista, de mis notificaciones, como quien guarda en un baúl una muñeca rota.

Pero ahora soy yo quien está rota. Rica y rota. Retirada prematuramente tras una carrera deslumbrante y encerrada en Riverview, la casa de mis sueños, en el condado de Oxfordshire, pero sin amor, sin amigos y *despreferida* por mis hijos, que han optado por irse a vivir a San Diego con su padre. Ayer fui a llevarlos a Heathrow, y tanto esfuerzo puse en fingir que comprendía su elección que, al llegar a casa, me olvidé de todo, me conecté a una videoconferencia con Morgan, mi asesor financiero en Nueva York, y, al terminar, pasadas las once de la noche, cuando fui a darles un beso, a arroparlos, a sentarme a oírlos respirar dormidos, vi sus camas vacías y me derrumbé, me hundí hasta lo más profundo, lloré sin nadie que me abrazara, tratando de responder preguntas que debí hacerme mucho antes, evaluando si conocí el amor verdadero, si supe ordenar bien mis prioridades.

Anoche me dejé las ventanas abiertas, y hoy la luz me ha despertado muy temprano con una idea fija: escribirte una carta larga para narrarte cómo me ha ido, para intentar recuperarte desaguando mi vergüenza acumulada, contándotelo todo, como cuando en verano nos daba por dormir en el jardín mirando a las estrellas. He dicho *escribirte*, pero, en realidad, estoy hablándole a una aplicación, a un invento nuevo al que puedes dictarle tus pensamientos o insertarle un vídeo y así va componiendo tu narrativa como se hace hoy, cosiendo retales de vida, para luego enviársela a un ser querido.

Me gusta mi dormitorio. Está en el segundo piso, con orientación al oeste. Por las mañanas me asomo a ver cómo el sol ilumina los prados desde detrás de la casa. Los cultivos de mis vecinos granjeros, adorablemente silenciosos, se derraman poco a poco hasta las arboledas que acompañan al río Támesis, que viene sinuoso y sereno desde Gloucestershire, luego se ensancha presumido en Oxford y en Eton para acoger las competiciones de remo y, poco antes de llegar a Londres, acumula apresurado el imponente caudal que los barcos mercantes necesitan para subir desde el mar del Norte, trayendo mercancías de países lejanos.

Decoré las paredes con papel damasco de un tono gris plata que me da paz y con un mobiliario clásico muy *british*, algo así como una versión contemporánea de Downton Abbey. Apenas puse cuadros. El techo es alto y daría para una cama con dosel, pero ese recurso decorativo siempre me pareció artificioso, así que preferí dividir la habitación en dos estancias, el dormitorio y mi espacio de trabajo, con una escultura de mármol blanco, una pieza monumental de Atchugarry, un artista uruguayo al que conocí hace años en Punta del Este. Necesitaba un espacio propio para atender videoconferencias, mi refugio nuclear de acceso prohibido a los monstruos. No, no creas que es una casa encantada, me refiero a mis hijos: Oliver, ese bebé encantador y obstinado del que te envié fotos, y su hermano James, una criatura adorable que ha sido capaz de llevar mi amor y mi paciencia al límite.

Pero mejor te los presento en vivo. Mira esta escena que sucedió en la cocina el año pasado, apenas tres semanas después de estrenar Riverview. Así quedó grabada en el circuito de seguridad de la casa:

—¡Maldita sea! ¡No me lo puedo creer! ¡Oliver y James! ¡Bajen inmediatamente! ¿No me han oído? ¡He dicho in-me-dia-ta-men-te!

—Síií, ya vamos.

—¿Qué pasa, Oliver?, ¿adónde vas?

—Chsss… Ha llegado mamá. ¡Rápido, baja!

—Hola, mami.

—¿¡Cómo que hola, mami!? Míralos, bajando sin prisa, como si tal cosa. ¿¡Quién es el responsable de esto, eh!? ¡Miren cómo han dejado las paredes de la cocina y del comedor!

—En el salón también…

—¿¡Cómo!? ¿¡También el salón!? No me lo puedo creer…

—Eso lo ha hecho James.

—¡Mentira, tú me has ayudado!

—Yo solo te bajé tus rotuladores.

—No, no, no, no… ¡También han pintado en el Banksy! Dios mío. ¿¡Saben cuánto nos ha costado ese cuadro!? No me puede estar pasando esto... ¡María!

—¿Sí, señora Sara?

—¡Tráigame un vaso de agua!

—Sí, señora Sara. Siéntese, por favor, que se va a enfermar.

—¡Y ustedes siéntense ahí, que me van a oír! Acabo de llegar de Shanghái. Ha sido el viaje más frustrante de mi vida. He maldormido las dos últimas noches en un avión. Estoy agotada. ¿Es que no se dan cuenta de lo que han hecho? Llevo años planeando este proyecto. Me he dejado la piel para ganarme el maldito bonus y poder comprar Riverview. Me he pasado todo este tiempo viajando por el mundo, trabajando hasta la extenuación para darles un hogar y una educación de primera, en los mejores colegios. Y he tenido que hacerlo todo sola. He hecho de madre y también de padre, especialmente desde que ese sinvergüenza se marchó con su última aventura…

—Señora Sara, está agotada, tiene que descansar.

—¡No quiero descansar ahora! ¡Ahora quiero una explicación! ¿¡Cómo se les ocurre!? Oliver, usted ya no es un niño. Usted es el hombre en esta casa. Usted tiene una responsabilidad sobre su hermano pequeño. No puede dejarle ejecutar la primera ocurrencia que se le venga a la cabeza.

—Es que pasamos mucho tiempo solos y nos aburrimos.

—¿¡Que se aburren!? ¡Lo que me faltaba por oír! Voy a ponerlos a trabajar en el jardín a las órdenes de Wilson. Mañana mismo empiezan. Y, por cierto, esta noche voy a hibernar sus dispositivos por una semana.

—Pero, mamá...

—¡Por un mes! Y usted, James, explíqueme todo esto. ¿No se da cuenta de lo que ha hecho? ¿No se da cuenta de lo que me ha costado sacarle adelante, de todo el esfuerzo que he tenido que hacer con usted, la educación especial, los profesores particulares, las clases extraordinarias…?

—Mamá…

—¡Oliver, usted cállese!

—No lo lleva puesto.

—¿¡No lleva puesto qué!?

—Que no oye. No lleva el implante.

—¡Suba por el implante de su hermano inmediatamente!

—Mami, no te preocupes, te estoy leyendo los labios.

—¿¡Y se ha enterado de todo!?

—¿Qué es un bonus?

—¡Dios!

—Aquí tiene su agua, señora Sara.

—María, todavía no entiendo cómo usted no ha evitado esto.

—Fue mientras ella dormía.

—¿Y qué hacen unos niños de ocho y cinco años despiertos por la noche? ¿¡Eh!?

—Mami, María ya nos ha perdonado.

A mí me costó una semana. A la mañana siguiente fui a comprar pintura a la tienda de unos pakistaníes en Cumnor, la localidad en la que vivimos. Entré rápido —aún enfadada por el desastre que me encontré la noche anterior y desvelada desde muy temprano por el *jet lag*— y dije en voz alta, sin saludar:

—Necesito pintura blanca.

—Me temo que nosotros solo vendemos comida —dijo secamente la señora desde detrás del mostrador. Su marido asomó desde la trastienda su bigote y una kurta blanca y se quedó detrás de ella, realzando su kurta morada.

—¿Cuántos litros necesita, señora? —preguntó él.

—No sé. Tengo que pintar tres paredes grandes.

—¿Doce litros, quizá?

—No tengo ni idea. Lo único que he pintado en mi vida son mis propias uñas.

En ese momento, advertí la presencia de una niña de unos quince años con pelo castaño recogido en una cola desbaratada. Llevaba un vestido de lino color marfil, precioso aunque algo deshilachado, y una cesta llena de fruta colgada del brazo. Ella, que estaba pagando su compra en el mostrador cuando entré precipitadamente en la tienda, dijo sin mirarme, con una determinación que me recordó a nosotras hace treinta años:

—Mi padre es pintor.

Al día siguiente, salí a correr por el campo a primera hora y me encontré dos latas de pintura en la reja de entrada a Riverview. Y a mediodía, mientras almorzaba con Oliver y James en el jardín trasero, en la mesa de nogal que mandé poner bajo la arboleda, María anunció una visita esperada.

Creo que lo olí antes de verlo. Vestía una vieja camisa azul como de presidiario, unos pantalones de trabajo que parecían no conocer la lavadora y unas viejas botas de cuero. Traía colgada del hombro una bolsa grande de lona por la que asomaban brochas y pinceles. Se acercó a la mesa, pero manteniéndose a cierta distancia. Luego descolgó la bolsa lentamente hasta posarla en la hierba, dejando ver una franja de sudor en la camisa. Y mientras se pasaba la manga por la frente, dijo con voz profunda, como un acorde de contrabajo:

—Mi hija Martha me ha dicho que necesitan pintar unas paredes. Me llamo John.

En aquel momento, quizá por la perspectiva, me pareció más robusto que alto. Apenas le vi los ojos, de un azul glacial, porque mantenía la mirada baja y el flequillo ondulado le caía por la frente.

Hice pasar a John a la casa. Echó un vistazo rápido a los daños en las paredes de la cocina y del comedor, pero se detuvo un minuto que se me hizo larguísimo en el salón.

—Es un Banksy —le dije entre orgullosa y avergonzada por los garabatos que hizo James. Él hincó una rodilla para observarlo de cerca y declaró con una seguridad incontestable:

—Podría arreglar esto también.

John estuvo trabajando toda la tarde, concentrado y sigiloso. Le ofrecí té y solo le arranqué un escueto «no, gracias». Le pregunté por su familia, y, tras hacer una pausa larga, como si hubiera tenido que contarlos uno a uno, dijo: «Cinco hijos». Le pedí que regresara al día siguiente para dar una segunda mano de pintura, y, por primera vez, me miró a la cara.

—No trabajo los domingos —sentenció.

Regresó el lunes por la tarde, terminó su tarea, se guardó en un bolsillo el sobre con dinero que le entregó María y se marchó en una vieja camioneta *pick-up*, con Martha sentada en el asiento delantero y dos niños de pie en la parte de atrás, agarrados a una barra. Nos cruzamos en Cumnor Road, justo antes de la desviación a Riverview, cuando yo regresaba de Londres, adonde había ido a entregar mi carta de renuncia y a poner fin a mi carrera.

Al llegar, pregunté a María si los hijos de John habían entrado en la casa, pero me contó que se quedaron tras la reja; Martha leyendo un libro bajo un árbol, y los niños lanzando piedras a los pájaros con una cauchera. Por suerte, a esa hora, Oliver y James estaban en clase de piano, una actividad que prefieren realizar juntos porque mis hijos son tan indivisibles como un átomo. Su profesora se conecta desde Viena y usa un *software* sofisticadísimo para escuchar y sentir desde allí, en el propio piano de su estudio, cómo toca cada uno. Francamente, no sé cómo logra enfocar la energía de mis hijos durante dos horas seguidas, porque cuando yo llego a casa los días que no tienen actividades extraescolares, primero me toca hacer inspección de daños... Comprenderás mi reticencia a que se hicieran amigos de cazadores furtivos armados con caucheras. Con los años, mis hijos me han hecho desarrollar un sistema de alerta para detectar calamidades, aunque me temo que funciona de modo selectivo, porque con su padre no me sirvió para presagiar lo inevitable. Mañana te contaré cómo ese inquilino dejó mi corazón al marcharse. Por hoy, detengo aquí mi relato.

Después de dos semanas con un clima inusualmente bueno y que parecía anunciar un verano seco, esta noche ha entrado una repentina borrasca en las islas británicas que ha traído lluvia intensa y un viento a rachas que me ha tenido en duermevela toda la noche.

En días así me refugio en la biblioteca, que conecta con el salón a través de unas puertas correderas de caoba con un cierre tan hermético que no deja pasar un decibelio. No sé por qué las he cerrado hoy, si no están los monstruos. Solo María se ha quedado conmigo, acompañándome con su serena presencia, pues apenas sale de la zona de servicio y, cuando se mueve por la casa, es tan discreta como una hoja llevada por la brisa. Riverview no fue diseñada para la vida monástica que me espera este verano. En el ala este tiene cinco habitaciones para invitados más una especie de *suite* imperial en la que le sobraría espacio a la reina de Inglaterra.

Quizá hoy me he encerrado por fuera para viajar por dentro, por esas estancias lúgubres del corazón donde yacen arrumbados muebles viejos, cubiertos por sábanas de las que hay que tirar con cuidado porque podrías derribar algún jarrón de porcelana y romperlo en pedazos tan pequeños que solo logras ensamblar de nuevo cuando has reunido todos, haciendo montoncitos en el suelo. Pero siempre hay alguno que no aparece hasta que alguien se asoma por detrás, mientras tú andas buscándolo en cuclillas, fatigada, y te ayuda a encontrarlo con una facilidad que resultaría exasperante si no fuera por el alivio de haber hallado todos los pedazos. Igual que cuando alguien intenta resolver tus problemas troceándolos, extendiéndolos sobre la mesa, clasificándolos por categorías, poniéndoles etiquetas y haciéndote un esquemita con su diagnóstico, como si fuera un doctor entregándote una receta. Pero hoy no ando buscando soluciones rápidas ni planes de acción. Hoy quiero observar contigo mi pena en voz alta, poco a poco, con cautela, como avanzando a oscuras por mis adentros ayudada por la luz del celular.

El año en que estudié en Madrid siempre tuvo un doble objetivo. Si contamos el tiempo que dediqué a cada uno, el segundo fue obtener mi MBA en el Instituto de Empresa. El primero fue encontrar la materia prima con la que casarme: alguien atractivo con educación superior y un toque internacional, que me amara apasionadamente y al que le gustasen mis planes. Planes sí hubo, pero a Bryan no lo encontré a la primera.

Vivía con tres amigas en un apartamento de la calle Lagasca, cerca del Parque del Retiro. Una argentina, Vicky, una mexicana, Karla, y otra colombiana, Lina. Nuestros compañeros de clase pronto nos apodaron como las Latin Queens y nos invitaban en bloque a todas las fiestas, que nosotras dividíamos en tres fases: la prefiesta, que duraba prácticamente todo el día, y en la que decidíamos qué combinación de ropa íbamos a vestir y analizábamos cómo nos quedaba, individualmente y en conjunto; la fiesta propiamente dicha, a la que nunca llegábamos de las primeras, pero casi siempre nos marchábamos entre las últimas, y el *debriefing*, que sucedía en el almuerzo del día después, y en el que evaluábamos el cóctel, la música, a los asistentes, cuántos nos pidieron el número de celular y a quién le dimos el verdadero.

Hubo una fiesta organizada por unos españoles, a quienes llamábamos los Apellidos porque siempre mencionaban los dos, el de su padre y el de su madre, cuando nos presentaban a algún miembro de esa selecta sociedad que parecía tener como requisito de entrada dos apellidos compuestos, una acción en el Club Puerta de Hierro y una segunda residencia en la playa. Así que, para cuando terminaban las introducciones, ya te empezaba a doler la espalda de esperar de pie como una azafata. Uno de los Apellidos, Borja, estudiaba también en el IE, aunque en otro programa, y nos invitó con inusual entusiasmo a una fiesta en una casa de Somosaguas.

Como siempre, llegamos tarde, bajamos del taxi como un estallido de fuegos artificiales y un guarda de seguridad con el cuello más ancho que la cabeza nos bloqueó la entrada con su imponente brazo tatuado.

—¿Adónde vais? —dijo con acento de Europa del Este.

—A hacer la compra —bromeó Vicky, que ya venía achispada, y el guarda la atravesó con ojos de lobo estepario.

—Venimos a la fiesta de Pelayo —se apresuró a decir Lina, improvisando una sonrisa ingenua rematada con un pestañeo que logró distraer a la bestia.

—¿Cómo os llamáis? —preguntó sacando del bolsillo trasero del pantalón la lista de invitados.

—Vicky, Karla, Lina y Sara. Pero, querido, capaz que nos encontrás antes si buscás por Latin Queens —respondió Vicky con su inigualable rapidez verbal, que tan pronto nos hacía reír como nos metía en apuros.

—Nenas, no me gustan las bromas. Fuera de mi vista.

—¡No manches, joven, si somos invitadas V-I-P! —se quejó Karla.

Por suerte, Borja había salido a fumar al jardín con un amigo y, al vernos, nos rescató diciendo con aire resuelto, como si fuera el dueño de la casa:

—Sergei, déjalas pasar. Son mis invitadas.

Pero el dueño era Pelayo, y Borja no más que uno de esos amigos que logró entrar en su círculo íntimo gracias a su singular destreza para la adulación.

No tardamos mucho en comprender el motivo de nuestra presencia en tan exclusiva fiesta: nos habían llevado para exhibirnos como a aves exóticas venidas de países lejanos. Borja nos fue acompañando por distintas estancias, donde fuimos escaneadas por los chicos con un disimulo furtivo y por las chicas con ese descaro exquisito que solo se encuentra en la alta sociedad. Finalmente, nos llevaron al piso de arriba, hasta una terraza con vistas a un jardín de cine y con una barandilla que recordaba al paseo marítimo de la playa de La Concha, en San Sebastián. Borja interrumpió pomposamente la conversación de un grupo de chicos para anunciar nuestra llegada:

—Queridos amigos, tengo el honor de presentaros a las... Latin Queens.

A lo que nosotras respondimos con nuestra ensayada coreografía:

—Yo soy Vicky.

—Yo soy Karla.

—Yo soy Lina.

—Y yo, Sara.

Luego se presentaron ellos, y tal fue la retahíla de apellidos que solo logré retener un nombre, Pelayo, al que Borja introdujo como el propietario de la casa, aunque, en realidad, pertenecía a su madre, quien andaba en la Isla de Pascua esa semana.

A medida que avanzó la fiesta, nos hicieron preguntas —luego supimos— para conocer nuestro pedigrí, explorando los motivos de aquel año de turismo académico en España y, sobre todo, cómo fue financiado. De acuerdo con los estándares de los Apellidos, si cruzaste el Atlántico en clase turista, tus orígenes revelaban una familia de clase media con ambición de prosperidad, una mediocridad solo excusable si te consideraban especialmente hermosa. Pero si viajaste en clase ejecutiva, y además no fue con las millas acumuladas por tu padre en viajes pagados por la empresa, se disparaba su interés por la previsible fortuna familiar que te mantenía y por explorar oportunidades de inversión en mercados emergentes. En ese caso, bastaba con que fueses *mona*. Solo Karla, debido a que su padre era el presidente de un importante grupo empresarial, cualificó para esta segunda categoría, lo que, unido a su singular belleza, la convirtió en el centro de atención durante toda la noche.

Sin embargo, Pelayo se fijó en mí, y yo le seguí el juego. Al rato, ofreciéndome otra copa, me invitó a pasear por el jardín, donde me ilustró sobre el nombre de sus árboles y de qué países los habían traído. Luego, sentados en un banco de piedra, me confesó que le aturdían las fiestas, que solo las organizaba por agradar a sus amigos, que él prefería conversar con mentes afiladas.

—¿Por qué viniste a España? —preguntó girándose hacia mí con un interés repentino.

—¿Quieres una respuesta convencional o la verdad? —respondí mirándolo fijamente, tratando de calibrar qué opción merecía.

—Prefiero la verdad, aunque sea terrible —dijo abriendo los ojos con un aire de misterio.

—Vine para hacer un MBA en una universidad de prestigio, para alejarme de mi familia y para empezar una nueva etapa —dije, arrepintiéndome de inmediato por haberme expuesto demasiado.

Pelayo interpretó mi improvisada confidencia como una invitación a pasearme por su infancia, contándome la difícil relación que tuvo con su padre y cómo se marchó, cuando él cumplió dieciocho años, con una chica de *veintipocos* que podría haber sido su propia novia. Y también me explicó cómo su madre estaba tratando de pasar página embarcándose en una gira incesante de viajes por el mundo, a centros energéticos como Machu Picchu o el Tíbet. Al despedirnos, me insistió en que esa conversación había sido la más deliciosa que había tenido en mucho tiempo, y yo, con alguna copa de más, acabé escribiéndole mi celular con lápiz de labios en una servilleta.

Al día siguiente, almorzamos en Quintín, uno de nuestros restaurantes preferidos para el momento *debriefing*.

—Chicas, ¡tenemos mensaje de Pelayo! —anuncié con un pícaro entusiasmo que acalló al instante las tres o cuatro conversaciones cruzadas que solíamos mantener.

—¡Ya léelo! —me ordenó Karla.

—Pónganse cómodas, chicas, ahí voy —dije aclarando la voz con un carraspeo impostado.

*Buenos días, Sara. Apenas he dormido. Y el resto de las horas que han transcurrido desde que anoche te vi llegar a casa, con esa blusa negra que realzaba tu mirada, no ha habido un segundo en el que haya dejado de pensar en ti. Esto es muy loco... Nunca me ha pasado nada igual... Mi corazón quiere decirte muchas cosas, pero no las quiero filtrar, quiero que fluyan sin editarlas, así que continúo mi mensaje en audio...*

—¿Saben ya qué van a pedir? —interrumpió el camarero.

—¡No! —respondimos a cuatro voces.

—Y, querido, te advierto que no lo vamos a saber en un rato largo —enfatizó Vicky.

Entregada a mi audiencia y disfrutando del insólito nivel de atención que me prestaban, puse mi celular en el centro de la mesa y le di al *play*.

—«*Hay algo en cómo se mueven tus manos, como dejando pasar las palabras entre los dedos. Hay algo en tus ojos que invita a asomarse dentro y viajar contigo hasta todos tus recuerdos. Y volver a vivirlos, para conocerlos todos, para poder amarte entera en cada instante. ¿Cómo has podido arrojar tanta luz en mí en tan poco tiempo? Una luz que me ayuda a conocerme, que me lo explica todo, que responde a mis preguntas imposibles. Anoche, sentada en el banco de piedra junto a mí, le diste sentido a todo. También a cómo funciona el universo...*

*Espero que puedas disculpar mi atrevimiento. Quisiera volver a verte, aunque solo sea para prolongar unos minutos ese instante*».

Nos llevó casi una hora responder al mensaje, revisando el texto y leyéndolo en voz alta, para estar seguras de que mostraba solo una emoción contenida, abriendo la posibilidad a un nuevo encuentro que, por mí, hubiera sido esa misma tarde. Finalmente, triunfó la opción de hacer esperar a Pelayo una semana. Pero no fui capaz de cumplir el plazo y, a los tres días, le dije que se había abierto un espacio en mi agenda y quedé secretamente con él.

Y así fue como empezaron las invitaciones a cacerías en su finca de Toledo, a pasar fines de semana en su casa en Marbella y a navegar en su barco en Puerto Banús. Y los regalos de zapatos y de bolsos. Y los exuberantes ramos de flores que llegaban al apartamento de Lagasca el día después de nuestras discusiones, cada vez más frecuentes. Y cuando estábamos a punto de que nuestra relación se ahogase en una lujosa insustancialidad, Lina me reenvió un mensaje que una amiga venezolana, recientemente llegada a Madrid, le reenvió a su vez pidiéndole que lo guardara en secreto porque contenía la declaración de amor más hermosa que jamás había recibido.

—Sara, esto que vas a oír puede hacerte mucho daño, pero debes saberlo cuanto antes —me advirtió.

Empecé a oírlo:

—«*Hay algo en cómo se mueven tus manos, como dejando pasar las palabras entre los dedos. Hay algo en tus ojos que invita a asomarse dentro y viajar contigo…*».

Y tuve que sentarme para poder escucharlo hasta el final. Luego me contaron que me dio una bajada de tensión, una especie de desmayo. Cuando desperté, me trajeron agua, me abanicaron y me hicieron poner los pies por encima de la cabeza. Entonces empezaron las conjeturas y luego una investigación orquestada por Lina cuyo resultado superó todas nuestras sospechas: el infame mensaje que me partió el corazón y me hizo arrojarme a sus brazos y a su billetera no solo lo había usado recientemente con esa venezolana, exreina de belleza en Caracas; también se lo había enviado antes que a mí a otras estudiantes internacionales. Al parecer, ni siquiera lo había compuesto Pelayo. Fue Borja quien le escribió el guion copiando algunos textos de un poemario y añadiendo la referencia al banco de piedra de su jardín, adonde Pelayo siempre acababa llevando a sus conquistas.

Mi ira solo logró apaciguarse cuando terminamos de diseñar el plan: una venganza para Pelayo y los Apellidos cocinada por las Latin Queens. Nos inventamos una fiesta extremadamente exclusiva en una casa de La Moraleja, que entonces se encontraba vacía porque acababa de marcharse un futbolista del Real Madrid recién fichado por otro club. Karla se encargó de diseñar las invitaciones; Vicky, de hacérselas llegar a los Apellidos; Lina, de contratar por unas horas a un portero de discoteca ruso, y yo, de escribir el mensaje que debía entregar a Pelayo cuando llegara a la fiesta con su cohorte de aduladores, pero sin mí, ya que, en el último momento, fingí sentirme indispuesta.

Según nos contó Iván el Ruso, los Apellidos llegaron pasadas las diez de la noche conducidos por Borja en el Porsche de la madre de Pelayo. Se acercaron a la puerta de entrada, e Iván, tras observarlos con un frío desdén siberiano, les indicó que, con ese carro, tenían que parquear fuera. Salieron malhumorados del vehículo, con sus esmóquines de alquiler, tal como requería la etiqueta del evento, y se acercaron a la puerta.

Iván entregó un sobre a Pelayo.

—Esto es para ti.

—Gracias, ¿nos abres la puerta, por favor? —preguntó Pelayo sin disimular su molestia.

—Tienes que leer eso antes —dijo Iván el Ruso, quien desconocía el contenido del texto, siguiendo nuestras instrucciones.

Pelayo miró a Borja y a los otros dos Apellidos con cara de «disculpad el contratiempo que nos está causando este animal», abrió el sobre, sacó bruscamente el tarjetón y, orientándolo a la luz de una farola, lo leyó en voz alta.

*Bienvenido a la fiesta más exclusiva del año. Al otro lado de esta puerta, hay gente como tú, muy importante, procedente de todo el mundo. Se trata de las grandes fortunas anónimas, los que ni siquiera aparecéis en las revistas porque habéis sabido manejarlas con prudencia y discreción. Pero puedes estar tranquilo, esta noche solo será recordada por los invitados. Hemos tomado estrictas medidas de seguridad para que no haya paparazis ni fotografías. Todo el personal de servicio ha sido seleccionado bajo los más exquisitos estándares. Será una noche única en la que podrás conocer a otras personas de tu categoría. Así que no encontrarás a nuevos ricos que exageran su fortuna con ostentosa excentricidad. Ni tampoco a jóvenes malcriados que avergonzarían a sus ancestros si pudieran ver cómo dilapidan su fortuna con caprichos, que se regalan un nivel de vida que no se han ganado, que llaman amigos a meros aduladores que los utilizan para acceder a sus extravagancias y a sus propiedades, en las que organizan fiestas exclusivas para impresionar a chicas a quienes son incapaces de cautivar sin recurrir a artificiosas estratagemas y cuyo amor tratan de comprar con lujosos regalos que solo logran camuflar temporalmente su falta de sustancia. Puedes estar tranquilo, esos personajes no entrarán a la fiesta. El guarda de seguridad, entrenado en las fuerzas de élite rusas, tiene órdenes de no abrirles la puerta.*

*Disfruta de la noche.*

*LQ*

Al terminar de leer el mensaje, Iván el Ruso tenía la instrucción de cruzar los brazos y de apretar sus bíceps hasta romper la costura de la camiseta. Fue suficiente para que Pelayo y los Apellidos desaparecieran inmediatamente de su vista y de nuestra vida.

Confieso que no me costó mucho recuperarme de la relación con Pelayo. En los siguientes meses conocí a dos o tres chicos más, que entraron en mi vida de modo apasionado y a los que, semanas después, invitaba a salir rápido y sin ceremonia, como quien apaga un cigarro, con un wasap final irrevocable. Quizá me comporté así para recuperar mi autoestima, para experimentar qué se siente cuando se tiene la sartén por el mango.

Pero mi exceso de seguridad se tornó en prisa cuando las otras Latin Queens se fueron embarcando en relaciones algo más duraderas. Y así fue como conocí a Bryan, una noche en la que fuimos a una fiesta en un ático de la calle María de Molina. Tenía una pequeña terraza con una vista fabulosa a los jardines de la residencia del embajador de Francia. No sé qué bebimos ni cuánto, pero se me ocurrió la idea de lanzar a la calle un papel con un corazón y el texto «I love you». Por casualidad, Bryan pasaba por allí, lo vio caer, oyó la música y las risas, subió al ático, llamó a la puerta y, al abrirle, me mostró el papelito y me guiñó un ojo. Cuando, entrada la noche, supimos que aquel chico rubio de rostro perfectamente simétrico y ojos color avellana había esculpido su musculatura haciendo surf en San Diego, las Latin Queens festejamos su inopinado advenimiento como si fuera un regalo del cielo.

Un mes después, me fui a vivir con Bryan, repitiéndome a mí misma que era el hombre diez. Me amaba con pasión, respetaba mi independencia y quería acompañarme en mis planes de crecimiento profesional. Él había estudiado Medicina, estaba haciendo un programa de especialización en Madrid y me insistía en que estaba listo para ir a vivir a cualquier país del mundo, donde siempre habría un hospital que lo contratara.

Bryan me delegó la organización de nuestra boda, que celebramos en Bali, diez meses después de conocernos, rodeados de su peculiar familia, nadie de la mía, sus amigos íntimos y mis Latin Queens. En aquella época, yo no me hablaba con mi madre, y a mi padre y a mi hermano no los invité para no incomodarlos, o quizá para no enrarecer el ambiente de nuestra boda con delicados asuntos familiares. En realidad, fue más bien una fiesta exótica en un país lejano a la que incorporamos algunas ceremonias del rito balinés, como presentar ofrendas a una estatua o cortar un hilo simbólico para cambiar el estado de solteros a casados, y acabamos metiéndonos en el mar de la mano, mientras unos pececillos jugaban con mi vestido blanco.

Los amigos de Bryan nunca me fascinaron. Se conocieron en la Escuela de Medicina de la UCLA, vivieron juntos en un apartamento en Santa Mónica durante aquellos años y, desde entonces, se adoptaron unos a otros como hermanos, se llamaban *brother* entre sí y se saludaban mediante un juego de manos con el que se mostraban una complicidad que siempre me pareció infantil. Pero un día pactamos que yo respetaría a sus *brothers* y él a mis Latin Queens, un arreglo equitativo que nos garantizaba a ambos una independencia que, con el tiempo, se hizo tan peligrosa como una navaja de doble filo. Durante la semana que estuvimos en Bali, casi pasó más tiempo con ellos que conmigo, haciendo excursiones diurnas y nocturnas de las que nunca me dio muchos detalles, lo que me proporcionó la justificación perfecta para divertirme con Vicky, Karla y Lina, pero manteniendo el rol de víctima y dejando a Bryan el de culpable.

Durante los casi diez años que vivimos en Boston, nuestra relación pasó por varias crisis, pero logramos adormecerlas comprando paquetes de escapadas románticas en hoteles de primera clase y con un consensuado ajuste en las expectativas sobre la felicidad en pareja, que coincidió con la revolución de Netflix y que sellamos con un «tú ves tus series y yo, las mías» que se acabó volviendo un mantra familiar.

Pero el último año que viví en Boston sucedió el acontecimiento que más me ha impactado, después de la muerte de mi madre y del nacimiento de mis hijos: empecé a leer. Y no me refiero a relamidas novelas románticas o a libros de autoayuda, sino a filósofos griegos y a clásicos de la literatura, como la Ética a Nicómaco de Aristóteles, las tragedias de Shakespeare o *Cumbres Borrascosas*, de Emily Brontë. La culpa la tuvo Oliver, el mentor del que te hablé en aquellos años, que sembró en mí semillas cuyos frutos algún día espero recoger. En su honor, llamé Oliver al mayor de mis hijos. Pero mi mentor murió poco después, ahogado en el mar por un fallo cardíaco, el día en que mi hijo cumplió un año. Fue uno de esos golpes incomprensibles que tiene la vida.

En aquella época conversé con Oliver nueve veces, casi siempre por videoconferencia, a las que él se conectaba desde

Punta del Este, donde vivía retirado con su esposa, una uruguaya divina. Era un tipo único. Nació en Windsor, se formó en Oxford y tuvo una exitosa carrera ocupando puestos de alta dirección antes de dedicarse a *mentorizar* a jóvenes ejecutivos como yo, que creía estar lista para asumir responsabilidades de liderazgo por los buenos resultados de mi gestión y por haber cursado algunos programas en universidades renombradas. «Has alcanzado tu máximo nivel de *juniority*», me diagnosticó un día, poniendo un nombre incómodo a mis síntomas de inmadurez: «Indisciplina en tus hábitos, falta de sistemática en tu trabajo, precipitación en tus juicios, impulsividad en tus decisiones, deterioro en tus relaciones y la misma dieta intelectual que un milenial perezoso». En más de una ocasión estuve a punto de mentarle a sus ancestros y colgar la videollamada, pero, en el fondo, yo sabía que Oliver me apreciaba y que quería ayudarme. Tenía un don único para abrir mis puertas blindadas empujando con el dedo, con una elegante facilidad.

Aunque hice con él un programa de *mentoring online*, un día coincidimos en Madrid, adonde él fue a conocer a su nieto y yo a visitar a una amiga, y quedamos a desayunar.

—Sara, tú tienes algo ahí —me dijo tras conversar un rato, señalándome al pecho.

—¿Aquí, en la blusa? ¿Dónde? No lo veo —le dije pasándome la mano instintivamente.

—No. Ahí dentro. En el corazón.

—¿Qué quieres decir? —respondí sorprendida.

—¿Qué te pasa con tu madre? —me preguntó él, abriendo una caja que me había prometido mantener siempre cerrada. Una caja que había enterrado en el fondo del mar, lejos de la costa, a la máxima profundidad, como si se tratara de un material radioactivo extremadamente peligroso. Pero, de repente, fue como si las corrientes marinas la hubieran acercado hasta la costa y el océano la hubiera golpeado contra las rocas hasta romperla, y apenas hubieran bastado unas pocas olas para dejarla abierta en la orilla, rota, expuesta... Mi madre.

Andre, ya sabes lo difícil que fue todo con ella. Ya sabes lo humillante que fue para mí, una adolescente rebelde, tener una madre alcohólica. Y ya sabes cómo opté por huir de ella y acabé por alejarme de toda la familia. Hasta que mi mentor me recomendó un libro sobre el perdón que me hizo reflexionar y me sugirió abordar esa conversación pendiente, la más difícil de mi vida, después de seis años sin verla. Unos días después, compré un pasaje de Boston a Medellín para intentar desatar el nudo que se me hizo en el estómago desde que Oliver me sugirió:

—¿Y si vas a visitarla?

Cuando llegué a su casa, salía el doctor de la familia, con su vieja cartera de piel y su bata blanca. «Es cuestión de días, quizá de horas», me dijo, certificando una muerte inminente. Al entrar en su habitación, me costó reconocerla. Estaba tan en los huesos, tan consumida... Su cuidadora la había peinado, la había vestido con su mejor camisón y la había sentado en la cama, apoyando su espalda en dos almohadones.

—Mami —la llamé tímidamente desde el umbral de la puerta.

—Ven acá, mi hija —me rogó con ternura.

Me senté a su lado, tomé su mano entre las mías y acabé echándome en su regazo como una niña mientras ella, con ese hilillo de voz que le quedaba, me pidió perdón, aceptó el mío y dijo cosas que rompieron mi orgullo en mil pedazos. Murió unos días después, mientras dormía, en paz.

Me pasé el vuelo de regreso mirando por la ventana, para llorar a solas lo que me faltaba. Llegué a Boston como si un tren me hubiera pasado por encima, pero, a la vez, con la determinación de cuidar mi relación con Bryan. Traté de buscar momentos para conversar con él, pero el diálogo no fluía y yo sentía que nos alejábamos hasta que, de repente, volvíamos a acercarnos un rato, como dos barcas a la deriva arrastradas por la corriente de un río.

El nacimiento de Oliver trajo una luz inesperada a nuestra casa de Londres, adonde nos mudamos hace nueve años, en un mes de noviembre en el que no dejó de llover. Yo estaba embarazada de ocho meses cuando me ofrecieron ser vicepresidenta comercial de una empresa de alimentación, un sector en el que no tenía ninguna experiencia, pero al que me lancé con la ilusión de lograr el desafío que me propusieron, impulsar la expansión internacional. La empresa tenía prisa en que me incorporara, así que, dos meses después de nacer Oliver, me instalé en las oficinas que teníamos en un icónico edificio de Fenchurch Street, conocido como el Walkie-Talkie por su particular forma. Mientras Bryan encontraba trabajo, se encargó de llevar y de traer dos veces al día los biberones para Oliver con leche que yo me extraía en mi despacho. Pero cuando empezó a trabajar en el Royal Brompton Hospital, acudí a María, el ángel que acompañó a mi madre en sus últimos meses, a quien encomendé el cuidado de mis hijos mientras yo andaba de viaje y que, ahora que todos se han marchado, se ha quedado en Riverview, supongo que cuidándome a mí. La llamé proponiéndole trabajar con nosotros, me dijo que sí y, al día siguiente, embarqué en un vuelo transoceánico a alguien que nunca se había subido a un avión.

María se adaptó rápido a mi familia y también a Inglaterra. Nunca se la oye quejarse de nada, ni del frío, a pesar de que nació en tierra caliente. Con diez años más que yo, tiene el rostro terso como una uva, la piel canela, el pelo y los ojos negros y esa robustez estilizada que no se logra en gimnasios, sino en el campo, plantando flores, recogiendo la cosecha y caminando a trabajar en fincas desde donde los deja la buseta cada mañana.

Tres años después, nació James, dotado de capacidades especiales y a la vez sordo, trayendo bajo el brazo una bomba de mecha corta que hizo saltar por los aires la organización de la casa y mi relación con Bryan. Un día que discutimos como si el mundo fuera a acabarse por alguna banalidad que ahora no logro recordar, fui a la cocina a dar el pecho a James mientras María preparaba la comida.

—Parece que James tiene hambre, mire cómo me aprieta con las manitas —dije para llenar el incómodo silencio que se había quedado flotando por toda la casa.

—Este niño la escucha por la piel, señora Sara —dijo María sonriendo con los ojos.

—Y usted, que tan bien se le dan los niños, ¿no ha pensado en casarse? —pregunté entre irónica y curiosa.

—No está en los planes de Dios —respondió descartando esa opción al instante.

—Deje que él se arregle con sus planes y usted encárguese de los suyos —le aconsejé con un guiño.

—Los míos son prestarle mis manos para cuidar de sus criaturas. Mi Dios tiene corazón de madre.

—Me suena muy hermoso y le agradezco cómo nos cuida, pero no lo entiendo, la verdad. María, usted se está perdiendo el amor.

—¿Y a usted en eso cómo le ha ido? —dijo secándose las manos en el delantal como si no esperase que le diera una respuesta, sino, más bien, que fuera a buscarla.

Y yo me quedé en silencio, con James dormido en mi regazo, mientras ella removía la sopa con una cuchara, tratando de elaborar una respuesta que no me atreví a pronunciar en voz alta:

—Solo sé que me ha gustado saberme deseada, que he disfrutado al sentirme poseída y que he detestado verme utilizada.

A pesar de mis constantes viajes, yo hacía lo imposible por estar con James y para ver, aunque fuera por videoconferencia, cómo progresaba cada día con su implante coclear, que le pusieron cuando apenas cumplió un año. Pacté con Bryan, quien tenía un horario de trabajo muy regular, que, cuando yo durmiera en Londres, me encargaría de llevar a los niños al colegio y que él los recogería todos los días. María me sustituía cuando estaba de viaje, y tardé varios meses en saber que también lo estaba sustituyendo a él... prácticamente todos los días que yo estaba fuera de Londres.

Qué hacía esas tardes y dónde dormía algunas de esas noches lo supe cuando mi asesor financiero me pidió hacer un estudio detallado de todos nuestros gastos para deducirlos a través del vehículo societario adecuado.

—¿A qué sociedad repercutimos los gastos del Hilton Hyde Park? Es una cantidad importante —me preguntó por *e-mail*, adjuntándome los extractos bancarios de la tarjeta de Bryan.

Como en otras ocasiones, podría haber reenviado el *e-mail* a Bryan para que contestara directamente a Morgan, pero, al leer «Hilton Hyde Park», mi cerebro empezó a conectar muchos pequeños datos hasta entonces irrelevantes, encendiendo una luz de alarma con voltaje suficiente para iluminar un estadio. Contemplé la idea de contratar a un detective, pero preferí comprobar por mí misma el motivo de sus frecuentes estancias en un hotel a diez minutos de nuestra propia casa, al otro lado de Hyde Park.

Al día siguiente, me inventé un viaje repentino para esperarlo al final de la jornada en la recepción del Hilton, camuflada tras unas gafas enormes y el Financial Times. Pero no fue tan fácil desvelar el misterio. Esperé durante tres horas, Bryan no vino, llegó a casa antes que yo y, para colmo, tuve que darle explicaciones porque mi viaje se hubiera cancelado tan repentinamente como surgió. La incertidumbre que tenía sobre la infidelidad de Bryan, combinada con mi testarudez, me impulsó a implementar la misma estrategia la siguiente semana, pero tampoco funcionó y llegué a casa furiosa. Al entrar, me encontré a Bryan viendo una serie mientras los niños dormían y María terminaba de recoger la cocina.

—¿A quién te estás llevando al Hilton? ¿Eh? —disparé sin contener mi rabia mientras cerraba la puerta.

—¿De veras tienes interés en conocerla? —contestó Bryan sin apartar la vista de la pantalla, con una frialdad que me rasgó de arriba abajo, como el zarpazo inesperado de una fiera que parecía dormida. Y más doloroso que el desgarro fue no verlo venir antes, para prepararme, para pedir explicaciones, para contraatacar. Pero no me dio tiempo. Bryan desapareció de mi vida tan rápido como entró. Esa noche, por increíble que parezca, me quedé sin palabras y él interpretó mi silencio como un «hoy duermes en el salón». Al día siguiente, se había marchado cuando me desperté, pero regresó del hospital muy temprano, recogió sus cosas mientras yo aún estaba en la oficina y se fue para siempre, dejando en manos de abogados los despojos de nuestra relación.

Cuando llegué a casa, María estaba dando de cenar a Oliver y a James.

—Mami, papi se ha ido de viaje —me anunció Oliver, sin comprender lo que significaban esas palabras, las que usó Bryan para despedirse de sus hijos cuando llegaron del colegio.

—Dijo que es un viaje largo —precisó James con una ingenuidad que me partió en dos.

Y yo, sin saber qué decirles, me encerré en el dormitorio y me pasé sollozando toda la noche, tratando de comprender el modelo de negocio del amor. Porque no me cuadraban las cuentas ni el balance, a pesar de haberme lanzado a este emprendimiento con ilusión, de haber trabajado duro para sacarlo adelante, de haber invertido todo mi amor. O quizá solo fue el que me quedaba tras volver de la oficina. O quizá eso no fue amor... ¿Cómo pudimos alejarnos tanto durmiendo en la misma cama? ¿Cuándo le cerré todas las puertas y ventanas a mi corazón? ¿Por qué no fuimos capaces de hacer de una semilla un árbol frondoso? ¿A quién se puede echar la culpa de no haber conocido el amor?

Aunque parece que hoy la lluvia está golpeando con sus dedos diminutos las ventanas de la biblioteca para recordarme que sí lo he conocido. Este año. Y también lo he tocado con los dedos.

Andre, ayer tenía pensado seguir contándote, pero, como no ha cesado de llover y la temperatura ha bajado unos diez grados, me fui a buscar un suéter de lana y me dio por ordenarlo todo. La ropa de invierno y la de verano. Las botas y las sandalias. Los cinturones, los bolsos, los collares, las pulseras, los pendientes, los abrigos... Todo. Hasta fotos que guardaba en cajas de zapatos. Encontré una de nosotras cuando tendríamos cinco años, agarradas de la mano. Fue un diciembre en Llanogrande, en la finca de mi abuela. Llevábamos vestiditos cortos y botas altas. A ti te habían puesto una astromelia rosa en el pelo y a mí, una blanca, unas florecillas silvestres e inocentes. Como nosotras, cuando la vida la organizaban personas que nos amaban. He puesto nuestra foto en la mesa que tengo en mi estación de lectura y, desde aquí, acurrucada en un sillón de piel junto a la ventana, con las rodillas dentro del suéter, hoy quiero contarte cómo esa niña con la que creciste de la mano ambicionó el logro, conoció el poder y también experimentó sus consecuencias, algunas anheladas y otras insospechadas.

Cuando hace dos años amanecí en Davos —una tranquila aldea de montaña en Suiza, solo alterada cuando recibe a políticos y a expertos para analizar la economía mundial—, abrí las cortinas de mi habitación en el hotel Belvedere y una luz alpina entró por la ventana a la vez que un sobre se deslizó por debajo de la puerta. «La esperan a las 8:30 a. m. para un desayuno privado en el salón Carigiet», decía escuetamente una nota. Yo había llegado con mi comité ejecutivo al hotel la noche anterior para hacer la revisión anual de nuestro plan estratégico. Intrigada por la misteriosa invitación, pero con la tranquilidad de que nuestra agenda comenzaba a las nueve y media, acudí a la cita.

—Buenos días, señor Colton, qué sorpresa tan agradable —dije con un medido entusiasmo al encontrarme al consejero delegado de la empresa de pie junto a la chimenea, frotándose lentamente las manos.

—Buenos días, Sara, he aprovechado que estaba en Zúrich para subir a Davos y organizar este desayuno con el propósito de darte una noticia importante.

No era mi primer encuentro con el señor Colton, un *gentleman* inglés de setenta y pocos, no muy alto, pero con porte distinguido, abundante pelo blanco, piel bronceada y ese rostro descansado de los que duermen bien. Caminaba con una leve cojera, apoyándose en un bastón con una elegante empuñadura en forma de ancla. Un año antes, me había invitado a comer en Scott's, un restaurante de moda en el barrio londinense de Mayfair, para anunciarme mi nombramiento como presidenta de la empresa, apenas tres años después de incorporarme como vicepresidenta comercial.

—Sara, quisiera expresarte el más sentido reconocimiento de parte del consejo de administración. Gracias a tu liderazgo, la expansión internacional ha superado nuestras expectativas más optimistas —dijo escondiendo sus ojos grises tras unas espesas cejas blancas, desde el otro lado de la mesa.

—Ha sido posible gracias al trabajo de un gran equipo —logré articular tratando de estar a la altura del momento.

—La mejor tripulación no va a ninguna parte sin un capitán que marque el rumbo —matizó dando el asunto por zanjado y, a continuación, añadió levantando solemnemente la cabeza—: Hemos decidido por unanimidad nombrarte presidenta.

A partir de ese día, sentí como nunca el peso de la responsabilidad. Y un formidable paquete retributivo se encargaba de recordármela: carro de empresa, chófer, entrenador personal, acceso al exclusivo Club Hurlingham, viajes en primera clase, las *suites* de los mejores hoteles y un salario con el que, en unos años, podría hacer mi sueño realidad: comprar una casa de campo en Oxfordshire.

Pero volvamos al desayuno en Davos. Un camarero nos condujo a la mesa que nos habían preparado, y el señor Colton esperó a que terminaran de servirnos para entrar en materia:

—Vamos a vender la empresa.

—¿A quién? —pregunté interrumpiendo la pausa que había hecho para enmarcar su relato.

—Preferiría empezar primero con el porqué —dijo dejando su taza de té en el plato y acomodando su espalda en la silla.

Respiré hondo, lentamente, y, a partir de ese momento, me dejé llevar.

—Como sabes, estamos muy satisfechos con el crecimiento alcanzado en los últimos cuatro años. Hemos pasado de ser una mera empresa europea a tener presencia en Estados Unidos, en

Latinoamérica, en Oriente Medio y en algunos países del norte de África. Por otra parte, siempre hemos dicho que decidimos no desplegar operaciones en Asia para enfocar mejor los recursos de la organización. Pero hay otro motivo estratégico que, por prudencia, nunca hemos revelado: nuestra intención era crecer para luego buscar allí a un aliado al que pudiéramos complementar geográficamente. ¿Me sigues? —preguntó para validar, y yo asentí con la cabeza—. Después de varios meses analizando a posibles compradores y dando una discreta visibilidad a nuestro interés por vender, ayer supimos de una empresa que estaría interesada en comprarnos por setecientos millones de libras. Pero esta cantidad no alcanza nuestras expectativas, queremos vender por ochocientos.

—Ochocientos millones de libras —repetí para calibrar la cifra en mi cerebro y, de inmediato, me bajó al estómago, llenándolo de fajos de billetes y cerrando por completo mi apetito. Porque yo, que había impulsado la compra de numerosas empresas en nuestro proceso de expansión, nunca había participado en la venta de una. Pero esa incertidumbre palideció cuando mencionó la nacionalidad de los compradores.

—Aunque me temo que no va a ser fácil. Se trata de un grupo empresarial chino —indicó alzando el dedo con gesto de advertencia.

—Chinos —volví a repetir, ahora en voz baja, para familiarizarme con el nuevo adversario.

—Sara, sabemos que te gustan los desafíos y hemos pensado en ti para liderar la negociación —dijo mirándome fijamente a los ojos. Y, antes de que pudiera decir que no, me asestó el golpe definitivo—: Si logras venderla en nuestro precio, te recompensaremos con un bonus generoso, el uno por ciento. Ocho millones de libras.

Ahora repetí la cifra solo para mis adentros y empecé a notar cómo me palpitaban las sienes.

—¿Cuándo empezamos? —alcancé a decir para mover la conversación hacia delante, aunque no tenía particular prisa y sí una agenda repleta de actividades en las próximas semanas.

—Primero has de firmar este contrato de confidencialidad —me indicó señalando a un lado de la mesa una carpeta de cuero que hasta entonces me había pasado desapercibida. Y añadió mientras me la entregaba—: No puede saberlo nadie de tu equipo. Nadie. Sin excepciones.

Leí el documento mientras él se comía metódicamente un cruasán con mermelada, le devolví la carpeta con una copia firmada y me guardé la otra doblada en el bolso.

—¡Excelente! —expresó jubiloso mirando las migas de cruasán que quedaban en su plato y, dejando la servilleta con elegancia sobre la mesa, concluyó el desayuno—: Recoge tus cosas, partimos en veinte minutos.

—¿Cómo? ¿Adónde?

—En helicóptero. A Zúrich.

Antes de subirme al helicóptero, alcancé a enviar un mensaje a Helen, mi segunda de a bordo, explicándole que el señor Colton había venido a recogerme para un asunto urgente y pidiéndole que liderara la revisión del plan estratégico. Mientras sobrevolábamos los Alpes, el señor Colton me anunció que, en unas horas, viajaríamos a Shanghái. La siguiente dosis de información me la proporcionó la mañana después, en el desayuno del hotel Marriott:

—Hoy es la primera reunión con nuestros posibles compradores, y, de acuerdo con los protocolos chinos de negociación, en esta ocasión no hablaremos de la venta ni esperan que les demos ninguna cifra. Solo hemos venido a conocerlos. O, mejor dicho, a que nos conozcan. Necesitan sentir que somos personas en las que se puede confiar. Y un signo de que la negociación progresa adecuadamente será que el almuerzo se prolongue tanto que acaben por invitarnos a cenar.

—¿Y usted qué espera de mí en la reunión, señor Colton?

—Que les encantes, que los observes y que los invites a Londres en agradecimiento a su hospitalidad.

Nuestros anfitriones nos citaron a las doce del mediodía en el restaurante T'ang Court. El señor Li, que llevaba un impecable traje azul metálico, unas sofisticadas gafas de pasta y el tupé ligeramente despeinado, me pareció demasiado joven, pero luego supe que tenía mi edad. Y el señor Wang, con un discreto traje oscuro, era una versión china del señor Colton, pero con rasgos de maestro en artes marciales.

—Sean bienvenidos —dijo el señor Li con una sonrisa extraordinariamente dental mientras nos ofrecía su tarjeta, que el señor Colton recibió con una reverencia incómodamente larga. Por su parte, el señor Wang permaneció dos pasos atrás con un semblante tan imperturbable que parecía haber despertado de una glaciación.

En unos minutos, ya sentados a la mesa, la simpatía del señor Li me animó a llamarlo por su nombre, Lin, tratamiento al que se sumó con una elegante naturalidad.

—Sara, percibo por tu acento que aprendiste a hablar inglés en Estados Unidos, pero parece que tu paso por Londres lo ha matizado con un toque interesante.

—Me alegra oír eso. Ciertamente, trabajé en Boston diez años, pero siempre trato de adaptarme a la cultura local. El tuyo, si cierro los ojos, me suena inconfundiblemente de la Costa Este.

—Supongo que fue mi paso por Harvard. Me gradué allí hace doce años —dijo con un orgullo que no me resultó presuntuoso.

Y sin darnos cuenta, se nos pasaron las horas hablando de geopolítica y de gastronomía, sobre libros de *management* y sobre clásicos de la literatura universal, de mi afición al tenis y de sus competiciones de remo en el río Charles, ante la comedida presencia del señor Colton y del señor Wang.

—Lin, ¿y tú tienes familia? —me lancé a preguntar con la guardia baja, después del licor *baijiu* que nos dieron a probar. Y en ese mismo instante, el señor Colton, que hasta entonces parecía relajado, levantó sus cejas tan rápido como se tensa la piel de un cervatillo ante la presencia de un jaguar. Entonces se hizo un silencio en el que me dio tiempo a calcular hasta dónde había metido la pata, pero no a encontrar una manera decorosa de volverla a sacar. El señor Wang se inclinó sobre la mesa apoyando sus antebrazos, me miró con ojos indescifrables y dijo lentamente, pronunciando cada palabra:

—Nuestra familia es un asunto que… merece una cena.

A continuación, hizo un leve gesto al camarero asignado a nuestra mesa, las cejas del señor Colton volvieron a su posición natural y yo solté la servilleta en mi regazo, a la que, de puro nervio, había empezado a estrangular.

Desde ese momento, el señor Wang tomó el pulso de la conversación y nos contó que Lin era su sobrino, pero que lo consideraba un hijo desde que lo adoptó tras la muerte de sus padres en un accidente. Entonces supimos que Lin no solo había pasado por la Escuela de Derecho de Harvard, sino que su expediente, el número uno de su promoción, era motivo de orgullo familiar. Y también que lo estaban preparando para asumir pronto la presidencia del negocio de la familia, cuyo tamaño no precisó, lo que me hizo imaginarlo como de magnitud imperial.

—Háblenos de usted, señor Colton —propuso de repente y para mi sorpresa el señor Wang. Pero a él no pareció encontrarlo desprevenido; más bien, respondió como si llevara horas esperando la pregunta:

—Nací en Dartmouth, en una Inglaterra de posguerra mundial. Mi abuelo y mi padre fueron capitanes de la Royal Navy, pero yo solo llegué a cadete porque preferí marcharme a estudiar a Londres. Comencé mi trayectoria profesional en un banco, pasé buena parte de mi carrera en una firma de abogados, luego trabajé como asesor para el Gobierno y, desde que me retiré, soy miembro de varios consejos de administración, una actividad compatible con mi amor al mar. Vivo gran parte del año con mi esposa en un barco que tenemos atracado en Mallorca, una isla española en el Mediterráneo. Tuvimos una hija que murió de cáncer y dos nietos gemelos que acaban de graduarse en la universidad. Creo que eso es todo —concluyó sonriente para sellar la reunión con la estudiada candidez de un ajedrecista que prepara el próximo movimiento.

—Será un placer recibirlos en Londres tan pronto como su agenda se lo permita —propuse yo al final de una larga jornada.

En el vuelo de regreso, el señor Colton no abrió la boca y, al aterrizar en Heathrow, se despidió con un escueto «Buen trabajo, Sara» que me resultó reconfortante, hasta que llegué a la oficina y me encontré con caras largas. Helen entró echando humo en mi despacho, erigiéndose en portavoz del comité ejecutivo:

—El equipo está desconcertado.

—¿Por qué? —pregunté impertérrita, emulando al señor Wang.

—¿Que por qué? —inquirió irónica, y continuó haciéndome una didáctica recapitulación—: Llevábamos preparando el *off-site* en Davos desde hace tres meses. No fuimos allí de excursión para premiar al equipo haciendo esquí de montaña, o para entretenerlo escuchando a *speakers* motivacionales. No, no. Fuimos a revisar nuestro plan estratégico y hacerlo en este momento es de extrema importancia. Pero, de repente, diez minutos antes de que comencemos, desapareces en helicóptero como James Bond y no sabemos nada de ti en dos días. ¿Has visto mis mensajes? Supongo que tendrás una explicación para darnos.

—No.

—¿No has visto mis mensajes? —preguntó ahora descolocada.

—Sí los he visto. Pero no tengo una explicación para daros. Para ser más precisa, no puedo daros ninguna —afirmé con una calma inusual que frenó en seco su interrogatorio.

Conocí a Helen hace años, cuando trabajábamos en Boston para otra empresa. Al principio, sus destacadas cualidades —era sistemática en su trabajo, brillante en sus análisis y, además, dominaba las herramientas digitales como nadie— me parecieron simples manifestaciones de rigidez y de una insoportable obsesión por los detalles. Tuvimos varios encontronazos, y, por mi manera de describirla, Oliver la apodó como mi «enemiga del alma». Pero mi mentor me desafió a restaurar la relación con ella, e, inopinadamente, tras varias conversaciones, se convirtió en mi mejor complemento y en mi mejor aliada. Años después, cuando me nombraron presidenta, me la traje a Londres como vicepresidenta de operaciones y, desde entonces, hicimos un tándem magnífico al que algunos llamaban Lennon y McCartney. Pero ese día, mi firmado silencio abrió entre nosotras una brecha.

Nadie más se asomó por mi despacho hasta media tarde, cuando mi asistente me entregó un sobre de parte del señor Colton con un libro y una nota: «Te resultará valioso en las próximas semanas». Se trataba de *Never Split The Difference*, de Chris Voss, un negociador de secuestros del FBI recientemente retirado.

Ese día, después de la cena, mientras devoraba el libro recostada en una butaca, María se asomó para darme las buenas noches, como siempre hacía antes de retirarse a descansar.

—¿Necesita algo, señora Sara?

—María, ¿usted ha negociado alguna vez?

—Disculpe, pero no entiendo su pregunta.

—Me refiero a si ha negociado comprando en el mercado o vendiendo algo que ya no usaran en su casa.

—Recuerdo que de niña vendí jugos, pero no sé si eso le sirve.

—Me sirve, cuénteme los detalles.

—Los sábados solía armar un puesto con mi hermana en la subida de Medellín a Llanogrande para vender jugos a los ciclistas. Nos levantábamos temprano, exprimíamos la fruta en casa y nos poníamos en una curva con una tinaja. Esos muchachos venían sedientos…

—¿Y por cuánto vendían un vaso?

—Mi hermana se encargaba de venderlos, yo solo de prepararlos. Pero, ahora que recuerdo, hubo un día en que ella enfermó y me tocó a mí atender a los clientes. A mí eso me daba mucha vergüenza, señora Sara. Así que, cuando me preguntaban cuánto costaba, yo les decía: «Unos pesitos, lo que a usted le parezca», y con eso me conformaba.

—¿Y cuánto le pagaban?

—La mayoría muy poco, mil pesos o quizá dos mil. Pero otros hasta diez mil me daban. No va a creerme, pero aquel día gané el triple que mi hermana.

—¿¡Diez mil pesos por un jugo!? María, usted sí que sabe vender. En este mismo momento la nombro oficialmente mi consejera de negociación.

—Pero qué cosas dice...

—A ver, deme un consejo para subir un precio cien millones.

—Pues solo se me ocurre uno: pregúntele a alguien que sepa, señora Sara.

Entonces dejé el libro en la mesa junto a la butaca y me acosté añorando tener a mi lado a quien contarle mis preocupaciones: cómo iba a negociar para ganarle a unos chinos y cómo seguir liderando a mi equipo sin poder revelarles nada.

El día después de llegar de Shanghái, nos enviaron una amable carta de intenciones y pusimos en marcha el *due dilligence*, un proceso que permite a potenciales compradores conocer tus intimidades empresariales con todo lujo de detalles. Tras cinco semanas extenuantes recopilando datos, les enviamos toda la información y, al cabo de unos días, recibimos a Lin Li y al señor Wang en Londres. Acordamos comer en el Ritz, donde nuestros invitados se habían alojado. El señor Colton y yo quedamos una hora antes a tomar un cóctel en el bar y allí me preparó para lo que nos esperaba.

—Sara, hoy Lin Li será especialmente encantador. Síguele el baile, pero no bajes la guardia, tratarán de sorprendernos con una propuesta desconcertante.

—¿Y qué he de hacer en ese caso?

—Lo que has leído en el libro, haz de espejo, repite sus últimas tres o cuatro palabras.

—¿Y luego?

—Aguarda en silencio, sostenle la mirada y espera a que se explique. Si se toca la cabeza con las manos, sabremos que solo estaba tanteándonos para ver hasta dónde estamos dispuestos a bajar el precio.

—Eso último no está en el libro, señor Colton.

—Es el tipo de cosa que solo se aprende en el campo de batalla.

Cuando entramos en el restaurante, nos esperaban ya sentados. Habían elegido una mesa junto a una estatua dorada de un grandioso Neptuno protegiendo con su brazo a una Afrodita de aspecto delicado, un detalle que, por cierto, no me hizo la menor gracia. Pero, en apenas unos minutos, Lin Li volvió a cautivarme con su simpatía. Nos contó que esa mañana, al llegar al Ritz, tuvo que ir a comprarse unos zapatos. Al parecer, el jefe de recepción se le acercó y le susurró al oído:

—Señor Li, me temo que los estándares de etiqueta en nuestro hotel son bastante estrictos: en todo momento hay que llevar chaqueta y no se permite el uso de *sneakers*, aunque he de reconocer que los suyos son de un diseño interesante.

—Aunque cueste creerlo, son zapatos de vestir de Armani. Solo que les dieron un toque urbano añadiendo estas suelas blancas —le dijo Lin con un guiño, tratando de flexibilizar sus estándares. Pero el jefe de recepción declinó su intento con una exquisita amabilidad británica:

—Hay fabulosas zapaterías muy cercanas a las que estaremos encantados de acompañarle.

Contagiada por el humor de Lin, me animé a contarles lo que me había pasado meses atrás en el Castillo de Windsor, en una cena organizada por la revista Vogue para premiar a mujeres destacadas:

—No sé cómo acabé allí, supongo que recibí la invitación por estar en algún listado de directivas y empresarias. Lo cierto es que, al llegar el día, me recogió una limusina en casa, me llevó a Windsor y, al atravesar la muralla del castillo, sentí que entraba en un cuento de hadas. Un mayordomo con guantes blancos me ayudó a salir del coche y me entregó una tarjeta que indicaba en qué mesa debía sentarme tras el cóctel de bienvenida, servido en un salón palaciego con vistas al atardecer en la campiña británica. Debo reconocer que, entre tantas celebridades, me encontraba desubicada, así que avancé al fondo del salón, a una zona más apartada, cuando, de repente, dos mayordomos abrieron unas monumentales puertas de madera por las que, con gran elegancia, entraron los duques de Cambridge. Al verme allí sola, se acercaron a saludarme, pero con tan mala fortuna que un camarero trató de esquivarlos y me echó encima varias copas de *champagne*, dejando mi vestido rosa palo con un aspecto lamentable. William miró al camarero con ojos horrorizados, y Kate Middleton me tomó rápidamente del brazo y me dijo: «Lo siento muchísimo, acompáñame, si eres tan amable». Primero me llevó a un baño cercano y trató de ayudarme a secar el vestido, pero viendo que no tenía remedio, me dijo con un gesto divertido: «Yo creo que tenemos la misma talla». Cuando quise darme cuenta, me había llevado a sus aposentos, me mostró toda su ropa y puso varios vestidos encima de la cama. Yo elegí uno turquesa, y, ya entre risas, me dijo: «Estoy muy enfadada, te queda mejor que a mí». Al regresar al cóctel, Kate habló discretamente con un camarero y logró que me sentaran en su mesa, donde entretuvimos con nuestra peripecia a William y al resto de los invitados.

—¿Y qué hiciste con el vestido? —preguntó Lin fascinado por mi historia.

—Esa noche me gané un vestido y también una amiga duquesa.

A continuación, me giré y, por primera vez, vi al señor Colton con la boca abierta y media sonrisa dibujada en los labios. Pero el señor Wang, que había seguido con interés mi relato, cerró los ojos por unos segundos, volvió a abrirlos y, asintiendo con una casi imperceptible inclinación de cabeza, los posó en Lin, quien intervino al instante en tono resuelto:

—Bien, quizá es buen momento para entrar en materia.

Luego estiró el brazo para alcanzar un *laptop* de una cartera junto a su silla, lo abrió, leyó algo para sí durante un minuto, volvió a cerrarlo y dijo con una firmeza inesperada:

—Estamos muy agradecidos por la extraordinaria rapidez con la que nos han hecho llegar la información sobre su empresa. Tras estudiarla debidamente con nuestros analistas, hemos concluido que su portafolio de productos y la capilaridad de su distribución representan una atractiva oportunidad de crecimiento para nuestro *holding*.

—Nos alegra saberlo —apunté brevemente invitándolo a proseguir.

—Es por eso por lo que estaríamos inclinados a ejecutar la adquisición por un valor de cuatrocientos millones de libras.

Al oír esa cifra inaceptable, recordé la estrategia que el señor Colton había trazado. Así que puse los puños encima de la mesa, fijé los ojos en Lin y repetí añadiendo al final una leve modulación interrogativa:

—Cuatrocientos millones de libras.

Sostener la mirada en silencio fue fácil por unos segundos, pero pronto empecé a sentir en el pecho mis propios latidos, cada vez más fuertes, como un tren que se aproxima. Luego noté la boca seca, la lengua áspera y como una palada de arena resbalando por mi garganta. Pero juré no tragar saliva para no revelar mi esfuerzo por mantener la calma. Y, mientras tanto, Lin seguía inalterable, mirándome igual que al principio, con el rostro tan relajado como una camisa colgada. Cada segundo se desplegaba con calma, como olas acompasadas en la orilla. Entonces me vi tentada a descansar la vista, pasándola unos segundos por Neptuno y Afrodita. Pensé que me ayudaría a relajarme y a articular mis palabras, en caso de que fuera necesario romper ese incómodo silencio, apenas contrapuntado por el clin-clin de los cubiertos y el rumor de conversaciones vecinas. Pero cuando me disponía a rendirme levantando la mirada, observé una ligera contracción en el párpado izquierdo de Lin. Esperé un momento y otras dos sucedieron rápido, como una ráfaga. Entonces despegó los labios, cambió la postura en la silla y, cuando yo no aguantaba un segundo más sin tragar saliva, prorrumpió titubeante:

—Por supuesto, es una oferta basada en un primer análisis, no obstante, entendemos que sería razonable que busquemos…, que encontremos un marco desde el que… Es decir, entendemos esto como un primer paso en el proceso de negociación con el fin de verbalizar posiciones…

—Próximamente —interrumpió contundente el señor Wang mientras Lin se arrastraba cuatro dedos por la cabeza, como tratando de ventilar su cerebro—, les enviaremos una oferta más precisa.

Entonces me volví a apoyar en el respaldo; el señor Colton me miró apretando ligeramente los labios con gesto aprobatorio y propuso ojear la carta del restaurante, dando esta fase de la negociación por liquidada.

Al salir a la calle, me dijo mientras entraba por la puerta de atrás en su berlina:

—Necesitas descansar, Sara, tómate unos días.

Y creo que hoy lo necesito tanto como entonces, pero qué difícil es descansar cuando padeces de una memoria ampliada, capaz de hacer doble clic en cada historia.

Anoche me dormí pensando en que he conjugado el verbo descansar de forma exótica: viajé a paraísos naturales, dejé a manos tailandesas desatar los nudos de mi espalda, medité con maestros yoguis en la India y en Costa Rica hasta me bañé en aguas volcánicas. Aunque ahora me encuentro tan cansada que ni siquiera dormir me repara ni logro olvidar que el dolor siempre acecha tras la esquina y, si no estás atenta, puede golpearte otra vez en la cara.

Pero entonces hice caso al señor Colton y me tomé libre una semana. Alquilé un barco para subir a Oxford por el Támesis, un plan que en Navidad había prometido a mis hijos, y ellos me pidieron que también viniera María, cuya ayuda acepté encantada. Partimos desde Hampton Court en una embarcación de madera, con el aspecto de un antiguo barco de vapor, pero propulsada por veinte caballos fueraborda. Tenía tres camarotes, un baño y un comedor con cocina. Yo iba arriba, en el puente de mando, disfrutando de la brisa y de las vistas. Aves silvestres, casas antiguas, puentes de piedra, niños jugando en la orilla. Todo pasando en cámara lenta, al ritmo que debe vivirse la vida.

Les compré camisetas de rayas, unas gorras blancas y también un par de salvavidas. A James, que entonces tenía cuatro años, lo llevaba sentado en el puente y jugábamos a adivinar lo que el otro veía: «Un pez, un árbol, un pato nadando, un tren, una casa, María». Oliver, ya un hombrecito de siete, me ayudaba saliendo del barco y accionando el mecanismo para abrir y cerrar las esclusas mientras avanzábamos río arriba.

Al llegar al puente que cruza de Eton a Windsor, amarramos el barco a una plataforma de madera y fuimos a visitar el castillo. Pagamos la entrada tras esperar en fila con otros turistas, hicimos el recorrido con un guía y accedimos a los salones en los que estuve en aquella fiesta, ahora sin mesas, ni mayordomos, ni trajes de gala, ni gente famosa, ni coreografía. Les conté entusiasmada los detalles de aquella noche, reviviendo otra vez mi cuento de hadas. Pero la magia se esfumó en un momento, cuando, en medio de un largo pasillo, escoltado por una exhibición de armaduras, James me anunció:

—Mami, me duele la tripa.

—¿Qué te pasa, cariño? —le pregunté preocupada.

Y James respondió inclinando su cuerpo y echando el almuerzo en la alfombra. Entonces todo sucedió como un relámpago: el guía dio la voz de alarma, los turistas se apartaron y un mayordomo acudió al instante, mandando traer cubos y trapos. Luego vino una doncella con toallas y nos acompañó presurosa al baño. Y cuando terminé de limpiar a James, levanté la mirada, me miré en el espejo y no vi a Sara, la alta ejecutiva; vi a una madre desbordada, inexperta y despeinada, con su pequeño empapado en los brazos. Se me saltaron las lágrimas, James me preguntó «¿Por qué lloras?» y no sé cómo habría salido de esa de no haber venido María.

—No se preocupe, señora Sara, se le pasará en un rato —dijo, y luego dudé a quién se refería.

La primera noche dormimos tras la esclusa de Boveney, con el barco amarrado a la orilla. Cenamos sopa y un salmón delicioso y luego subimos a la cubierta a mirar las estrellas y a escuchar las historias que solía contarles María. Pero en mi camarote, cuando ya todos dormían, yo andaba desvelada dando vueltas en la cama, repasando las últimas reuniones, tratando de encontrar qué error cometí, cuál fue mi desliz, qué llevó al señor Colton a enviarme a descansar unos días. Así que me lancé a enviarle un mensaje, y su demora en la respuesta me obligó a dormir varias noches tomándome una pastilla, hasta que recibí un escueto «Todo va bien, desconecta y descansa».

Seguimos subiendo río arriba, navegando entre cisnes, contemplando los prados y viendo a los ciervos beber en la orilla. Un día, Oliver pescó una trucha tan grande que nos dio de comer a los cuatro. Y ni un solo día hizo falta recordarle a James sus tareas: avisar si venía algún barco de frente y echar de comer migas de pan a los patos.

La tarde que llegamos a Abingdon, atracamos cerca de otra embarcación de madera, parecida a la nuestra, aunque vieja y descolorida. Me senté en la proa con los pies colgando, mientras Oliver y James jugaban en la cubierta con sus muñecos desparramados. Del camarote de popa emergió un hombre fuerte con la camisa rasgada. Llevaba bajo el brazo a un niño algo menor que Oliver, con un traje de baño dos tallas más grande ajustado por un cordel.

—Nick, ¿estás listo? —preguntó con voz de trueno.

—Papi, tengo un poco de miedo.

Oliver y James levantaron curiosos la vista, dejaron sus muñecos y vinieron a sentarse conmigo, uno a cada lado.

El padre flexionó una pierna, como haciendo un escalón para que el hijo pudiera subírsele encima. Lo tomó de las manos, lo impulsó hacia arriba y, un segundo después, lo tenía de pie en sus hombros, mirando al río desde el borde del barco.

—Nick, mantén el equilibrio. Voy a soltarte las manos y sujetarte por los tobillos —dijo como un capitán dando instrucciones a la marinería.

Yo sentí a mis hijos asustados, acercándose a mí y agarrándome cada uno de un brazo.

—Papi, de cabeza no. Mejor me tiro de pie —propuso el niño intentando convencerlo en el último momento.

Y cuando yo estaba a punto de intervenir, implorando piedad para esa criatura asustada, se asomó por la escotilla de proa una mujer joven con el rostro lleno de pecas y el pelo recogido en un pañuelo naranja estampado con flores.

—¡Vamos, Nick, vas a hacerlo muy bien! —dijo animándolo, y mis hijos me clavaron las uñas en los brazos. El niño miró a su madre, y el padre volvió a tronar:

—No tengas miedo, hijo. Salta de cabeza. Preparado, listo, ¡ya!

Inmediatamente, Nick flexionó las rodillas, se impulsó hacia delante con los brazos extendidos y entró de cabeza en el río sin salpicar, igual que un pincel en un vaso. Pasados unos segundos, se asomó entre las burbujas, buscó triunfante con los ojos a sus padres y todos nos unimos en un aplauso. Su padre le lanzó un cabo con un viejo flotador de corcho, lo subió a cubierta de un tirón, le dijo «Bien hecho» y le dio una palmada en el brazo.

Por la tarde refrescó y acabamos cenando dentro del barco. Después de un largo silencio, James preguntó como el que anda rumiando una duda:

—Mami, ¿los padres de Nick son pobres?

—No lo sé, hijo. Desde luego, no parece que sean muy ricos —dije sorprendida por la ocurrencia.

—A mí me da igual si mis padres son pobres —interrumpió Oliver, con las cejas juntas, sin dejar de mirar su plato.

—¿Por qué dices eso, hijo? —contesté desconcertada.

—María dice que solo importa que sean buenos.

—¿Cuándo vuelve papá de viaje? —preguntó entonces James, y yo, tratando de armar una respuesta apropiada, acabé por no decir nada.

—¿Quién quiere tarta de manzana? —terció María, levantando como un resorte los brazos de todos.

Esa noche los dos vinieron a dormir a mi camarote.

En la última jornada, amanecimos junto a un extenso prado a las afueras de Oxford. Desayunamos huevos con beicon después de bañarnos en la orilla y, desde allí, subimos a entregar el barco en una esclusa cerca de Farmoor. Tras siete días navegando, necesitábamos pisar tierra firme. Oliver y James salieron corriendo a perseguir conejos mientras María y yo preparábamos un pícnic sobre una manta de cuadros extendida en el prado. Después de almorzar, buscando dónde echarme un rato junto al río, vi una casa encantadora en lo alto de una colina. El sol iluminaba su amplia fachada de ladrillo antiguo. Tenía tres pisos, una cubierta a dos aguas, una gran chimenea y ventanas de madera blanca. Tras la casa se asomaba una arboleda, y a su lado había un invernadero del mismo ladrillo, con la luz atravesando su espléndida claraboya. Y con la espalda apoyada en un árbol y la brisa del río meciendo las ramas, soñé despierta la clase de hogar que hoy quisiera haber construido:

Risas de niños jugando, desayunos largos, amigos pasando unos días. Cocinar juntos un nuevo plato, recoger cerezas y tomarse a media mañana un jugo de sandía. Largas sobremesas, tardes de chimenea, ver la nieve amontonarse en las ramas. Tocar el piano, cantar con los niños y leer recostada en la cama. Sábanas blancas, mantas de lana, cortinas largas y alfombras de otra parte del mundo. Manteles de hilo, cubiertos de plata, jarrones con flores y copas para cada tipo de vino. Botas de goma, gruesos abrigos, guantes, bufandas y gorros de lana. Sandalias, faldas de flores, blusas de lino y sombreros de paja. Subir por peldaños crujientes y encontrar a los niños en la buhardilla. Mañanas de niebla, tardes soleadas y abrazos inesperados de un hombre capaz de ganarse el amor de mis hijos.

Al despertar, subí a la casa caminando entre cultivos y, antes de llegar a la reja de entrada, al comienzo del camino, vi su nombre tallado en un bloque de piedra: Riverview.

Andre, esta mañana dejé aquí mi relato, en la casa vacía que ahora habito y que he admirado tantas veces desde fuera: cuando voy a correr por los caminos y entre los árboles emerge orgullosa o cuando salgo al jardín a cortar rosas o a leer sentada en la hierba en tardes de sol como esta, en la que quiero contarte, entre otras cosas, qué gané y qué perdí tratando de vender la empresa.

Tras una semana fluvial, al rato de llegar a la oficina, un *e-mail* de Lin Li nos informaba de su interés por hacernos una visita a los *headquarters*, aprovechando que aún andaba por Europa. Minutos después, el señor Colton me invitó a tomar un café en Sky Garden, un exótico jardín ubicado en la azotea del Walkie-Talkie.

—Buenos días, Sara, espero que hayas descansado —me saludó jovialmente indicándome con la mano que me sentara al otro lado de la mesa, desde donde se divisaba la ciudad serpenteada por el Támesis.

—Buenos días, señor Colton. Ciertamente he descansado, aunque desconectar no ha sido tan fácil. Por cierto, tiene usted un color espléndido.

—Oh, gracias. He estado navegando esta semana con mi esposa por la costa sur de Francia.

—Me alegra saberlo. Me he pasado estos días pensando que me sacó de la negociación por alguna metedura de pata.

—De ninguna manera, Sara. Estás haciendo un buen trabajo. Pero no dejes que la ambición te haga perder el equilibrio. Sé lo difícil que es sacar adelante a los hijos con tantos viajes.

—Usted tiene —lancé la frase y corregí al vuelo el tiempo verbal—, tuvo una, ¿cierto?

El señor Colton, mirando la ciudad a través de la cristalera, cruzó los brazos, ladeó ligeramente la cabeza y dijo:

—A veces me recuerdas a Jane.

Y yo lo invité a proseguir, ejercitando mi incipiente habilidad para los silencios largos.

—Cuando tenía tu edad, trabajaba en una conocida firma de abogados. Me iba bien litigando casos difíciles. Un día recibí una llamada misteriosa. Un señor muy educado se presentó como un miembro del Departamento de Seguridad del Gobierno británico y me emplazó a encontrarnos esa tarde en los jardines del Imperial War Museum. Dos semanas después, comencé a trabajar muy cerca de allí, en Century House, la antigua sede de la agencia británica de inteligencia exterior. ¿La conoces?

—Me temo que todo lo que sé sobre el MI6 lo he visto en películas, señor Colton —dije avergonzada.

—No te preocupes —continuó—, en algunas aparece bien retratado. Mi rol era negociar. A veces, con diplomáticos, otras, con políticos y, en ocasiones, con criminales. Supongo que no te sorprenderá saber que tenían mucho en común. Viajaba constantemente. Dormía casi doscientas noches al año fuera de casa. En una ocasión, me enviaron en helicóptero a un barco en el océano Atlántico. Llevaba ropa para tres días y acabé embarcado tres semanas. No puedo revelarte los detalles, pero fue uno de los momentos más difíciles de mi carrera. Debía negociar con un grupo terrorista y en su propio barco, con el fin de evitar un atentado. Me tenían aislado en un camarote. Solo me permitían hacer una llamada al día, para reportar a mis superiores el progreso de la negociación. A los pocos días de embarcar, supe que no podría acudir al veintiún cumpleaños de mi hija. Había prometido a Jane que esta vez la acompañaría y había programado mis viajes para lograrlo. Habíamos organizado una fiesta por todo lo alto en el jardín de casa. Venían todos sus amigos y buena parte de la familia. Le habíamos preparado una sorpresa: tras la cena, actuaría su cantante favorito. Al llegar el día, rompiendo los estrictos protocolos de seguridad con los que operábamos, pedí al centinela que custodiaba mi camarote que me dejara hacer una llamada a mi hija por su cumpleaños. Él informó de mi petición a su jefe, quien se presentó al cabo de un rato en mi camarote con una amabilidad insólita. Se sentó junto a mí en la cama y me ofreció su propio teléfono para llamar a mi hija. Caí en la trampa, ya no había vuelta atrás. Marqué el número y, en cuanto sonó la voz de Jane al otro lado, el terrorista me arrebató el teléfono, se lo puso al oído y esperó a que ella colgara tras preguntar varias veces quién llamaba. Entonces se levantó con gesto desenfadado y, al llegar a la puerta, se volvió hacia mí con una sonrisa cruel y, mientras guardaba el teléfono en el bolsillo de su cazadora, dijo:

—Feliz cumpleaños, Jane.

Mi gravísimo error me hundió completamente, hasta el punto de perder mis facultades para manejar la situación. Mis superiores lo advirtieron y enviaron en helicóptero a otro negociador para relevarme. Esta decisión enfureció a los terroristas, hubo un tiroteo y murieron dos de nuestros hombres en mi rescate.

—¿Y a usted no le pasó nada? —pregunté preocupada. El señor Colton agarró su bastón, que siempre dejaba apoyado en la mesa, y dijo:

—Me dieron un disparo en la pierna.

—Oh, Dios, nunca imaginé que ese fuera el origen de su... forma de caminar.

—Lo peor no fue el disparo, sino cómo ese acontecimiento me distanció de mi hija. Al llegar a casa me encontré una carta en mi escritorio. Me pedía que renunciara.

—¿Y lo hizo? —pregunté abriendo sin querer una vieja herida. Él se quedó inmóvil por un momento, luego lo sentí inspirar profundamente y, cuando ya no esperaba una respuesta, se inclinó sobre la mesa, apoyó un codo y dijo apuntándome con un dedo:

—Hay momentos en la vida de mi hija que no recuerdo, y no quiero que eso a ti también te pase.

Me tomé unos segundos, tratando de encontrar la respuesta adecuada:

—Le agradezco su franqueza, señor Colton. La semana pasada me di cuenta de que me faltan muchas horas de vuelo como madre.

El señor Colton retomó el propósito de nuestra reunión dando dos golpecitos en la mesa con el bastón:

—Sara, es hora de que saques a Lin Li a pasear. Dale una visita discreta a los *headquarters* y luego llévalo a la planta de Southampton.

Así que le organicé una visita de perfil bajo, para no levantar sospechas en mi equipo, y particularmente en Helen, que, desde mi regreso de Shanghái, se mantenía distante. Pero sucedió algo imprevisible. Al pasar junto al despacho de nuestro vicepresidente de asuntos corporativos, Lin Li se detuvo y lo llamó asomándose desde la puerta:

—¿Mathew?

—¡Qué sorpresa, Lin!

—Ha pasado mucho tiempo desde Harvard, pero estás igual —dijo Lin desplegando una sonrisa olímpica.

—Tú tampoco has cambiado. Parece que acabas de salir de clase de Criminología. ¿¡Qué haces por aquí!?

—Estoy solo de visita. Conocí a Sara hace unos meses y me habló de las magníficas vistas que tenéis en el Walkie-Talkie —improvisó Lin, tratando de allanarme el camino.

—Disculpa, Mathew, tenemos un poco de prisa —dije sujetando a Lin por el codo y llevándolo a paso rápido hacia el ascensor.

Nuestra abrupta conversación fue escuchada por una asistente y, en pocas horas, se difundió por toda la oficina un rumor infame: «La jefa está saliendo con un multimillonario chino». Al principio me indignó, pero luego me pareció una inigualable cortina de humo para proteger la estricta confidencialidad que había firmado.

Tras almorzar, por sugerencia de Lin Li, en un restaurante chino, que definió como «inesperadamente exquisito», cerca de la estación de Waterloo, embarcamos en un vagón de primera clase rumbo a Southampton para visitar la mejor de nuestras plantas.

Lin quedó impresionado por su avanzada tecnología, y nuestro director técnico, un brillante ingeniero que trajimos de la India, resolvió todas sus inquietudes con una precisión atómica. Pero en el viaje de regreso, la conversación tomó un rumbo insospechado.

—¿Cómo es que esta vez no te acompaña el señor Colton? —me preguntó Lin Li con una ingenuidad solo aparente, como un picotazo cuyo veneno solo se siente al cabo de un rato.

—Aprecio mucho su sabiduría y su experiencia, pero sé arreglármelas sola —dije mientras, por dentro, sentía que una bestia se me despertaba.

—¿Y cómo has logrado llegar tan lejos en un mundo tan exigente y tan masculino? —insistió, sembrando una duda sobre mi capacidad profesional.

—Trabajando duro.

Podría haber dejado ahí la respuesta, pero la bestia ya estaba olfateando a su presa y no fui capaz de calmarla.

—Lin, hablemos ahora de ti. Me pregunto qué se siente cuando fuiste elegido ya en la cuna. Cuando has nadado en la abundancia, a favor de la corriente, sin saber con certeza si tu esfuerzo ha servido para algo o si hubieras llegado igual adonde estás sin hacer nada.

—Te recuerdo que a mí aún no me han nombrado presidente. Llevo años preparándome para ganarme esa responsabilidad —dijo ahora visiblemente molesto por mi comentario y, un minuto después, se excusó para hacer una llamada y acabó pasando el resto del viaje en otro vagón.

Al llegar a Londres, llamé preocupada al señor Colton para contarle que, probablemente, mi salida de tono había hecho saltar la negociación por los aires. Pero él le restó importancia:

—Lin Li necesitaba devolverte el golpe que le diste en el Ritz. Aunque esta nueva humillación le hará precipitar la compra. No contempla perder esta batalla ahora que se encuentra en la recta final a la presidencia del *holding* familiar.

Una semana después, Lin Li nos escribió una tarde convocándonos a una apresurada videoconferencia a primera hora del día siguiente para presentarnos su oferta final. Me reuní de urgencia con el señor Colton, y me propuso mantenernos firmes en los ochocientos millones de libras. Acordamos que, si trataban de bajar nuestra cifra, yo debía mencionar —resuelta y despreocupada— que había otra empresa interesada en comprarnos. A continuación, debía agradecerles su interés y proceder amablemente a concluir la llamada.

Al día siguiente, justo antes de comenzar la videoconferencia, el señor Colton apareció en la oficina tranquilo, como si nada. Yo apenas había dormido esa noche, pero logré camuflar mi fatiga con una capa extra de maquillaje. Ese día elegí una camisa blanca y un traje negro, porque alguna vez me dijeron: «No intentes negociar con colores claros». Sin embargo, el señor Colton vestía un traje gris perla y llevaba en el bolsillo un pañuelo verde manzana.

Nuestra sala de videoconferencias estaba equipada con una pantalla panorámica que nos permitía ver a nuestros interlocutores, al otro lado de la mesa, en tamaño real y con una resolución casi quirúrgica.

—Estoy lista, señor Colton —le dije en la puerta de la sala.

—Una última cosa —me indicó levantado el dedo—: una vez conectados, no podremos vernos las caras. Si tuvieras alguna duda, pon la palma de la mano en la mesa. Oirás un golpe de bastón si algo no me gusta y dos si no veo problema. Pero confía en tu instinto. Cuando entremos ahí dentro, tú mandas.

Nuestros potenciales compradores se conectaron a la hora acordada.

—Buenos días. Gracias por aceptar nuestra llamada —arrancó Lin Li con la espalda como una tabla, los codos apoyados en la mesa y los dedos entrelazados. El señor Wang se mantenía algo atrás con un aire respetable.

—Buenos días, caballeros. Es un placer volver a verlos —dije yo con toda la calma que logré reunir para disimular mi respiración agitada.

Tras un breve intercambio de formalidades, Lin Li entró en materia:

—En los últimos meses, hemos tenido la oportunidad de estudiar su empresa a fondo. En términos generales, hemos encontrado unas cuentas solventes, un modelo de operación avanzado y unas posibilidades de crecimiento prometedoras. Pero veamos los hallazgos de nuestro análisis, país por país.

La prolijidad con la que Lin Li procedió a describirnos lo que, naturalmente, ya conocíamos me invitó a acomodarme en la silla, apoyándome en los reposabrazos y descolgando las manos con gesto relajado.

Al cabo de unos minutos, mi cabeza y mi corazón ya no estaban en la sala. Se habían marchado a la noche anterior, cuando, al llegar a casa, me encontré a María dando de cenar a Oliver y a James en la cocina. Dejé mi bolso en una repisa, me bajé de los tacones y, al sentarme a la mesa con ellos, observé que Oliver tenía un trozo de algodón asomándole por la nariz.

—¿Qué te ha pasado, hijo? ¿Te has dado un golpe?

—Sí

—¿Pero con qué? ¿Cómo ha sido?

—Al salir del colegio.

—¿Qué le ha pasado a este niño, María?

—Oliver —dijo ella invitándolo a explicármelo.

—Es que si se lo cuento se enfada…

—Como no me lo cuentes ahora, sí que me enfado.

—Mami, ha sido por mí —dijo James.

—¡No me digas que os habéis peleado otra vez!

—No me he peleado con James. Fue con un niño que lo llamó sordo y se rio de él.

—Hijo mío, ¿quién te ha insultado?

—No sé cómo se llama. Es un año mayor que Oliver. También le ha hecho daño en la mano.

—A ver… Pero ¿tienes algo roto? ¿Quién te ha puesto esta venda?

—María.

—¿Y cómo es que usted no me ha llamado?

—Mami, te llamó tres veces.

—¿Estás seguro?, déjame que vea… Mmm… Tienes razón… ¡Dios! Ha sido un día tremendo... Soy una estúpida… Perdonadme, estoy agotada… ¿Y te duele la mano?

—Sí, pero María dice que no me he roto nada.

Más tarde, cuando fui a acostarlos, primero me senté en la cama de Oliver. Me miró con ojos cansados, lo abracé y me quedé allí con él en silencio. En cuanto oí que James dejó su implante en la mesa de noche, le dije al oído:

—Oliver, has sido muy valiente defendiendo a tu hermano. Estoy tan orgullosa de ti…

—María tenía razón —me interrumpió.

—¿En qué, hijo?

—En que es mejor decir la verdad.

Luego fui a dar un beso a James y me tumbé junto a él mirando al techo. La luz de una farola proyectaba sombras de ramas, y yo, en mi mente, lo que tras la venta me esperaba: un retiro prematuro, más tiempo con mis hijos y un bonus para comprar una casa en el campo. Al cabo de un rato, cuando creí que ya estaba dormido, sacó un brazo del edredón y, poniéndome la palma de la mano en la mejilla, me preguntó:

—Mami, ¿qué te pasa?

Yo me giré para que pudiera leerme los labios y dije sin pronunciar las palabras:

—No te preocupes, cariño. Mañana tengo una reunión importante.

De repente, la cadencia conclusiva de Lin Li me trajo de nuevo a la sala:

—Sin duda, una adquisición de esta naturaleza enriquecería significativamente nuestro portafolio y nuestra presencia fuera de Asia, una geografía donde ya hemos alcanzado una posición dominante. Dicho lo cual —se detuvo un momento a mirar su portátil y volvió a levantar la cabeza—, estaríamos interesados en ejecutar la compra por un valor de setecientos millones de libras.

En otras circunstancias, la cifra habría disparado una reacción instintiva, como de amenaza, activando mi adrenalina para ejecutar la estrategia prevista. Pero aún andaba pensando en mis hijos y contesté inusualmente calmada:

—Muchas gracias por tomarse el tiempo de analizar nuestra compañía y por presentarnos su oferta de compra. Entendemos la lógica de su perspectiva y valoramos su interés. No obstante, la cantidad que nos plantean no alcanza nuestras expectativas.

Me detuve un momento para observar cómo reaccionaba el señor Wang, pero su rostro no expresó nada. Lin Li se apresuró a preguntar:

—¿Y cuál es su cifra?

—Ochocientos millones de libras —dije pronunciando cada sílaba.

La cifra no pareció sorprender a Lin Li, quien, apoyándose con un codo en el reposabrazos, continuó con la suficiencia de quien tiene la sartén por el mango:

—Ciertamente, esa cantidad tampoco nos resulta atractiva. Aunque, tal vez, podríamos explorar una posición intermedia en la que…

—Me temo que no estamos interesados en encontrar ninguna posición intermedia —lo interrumpí como un hachazo en un tronco seco. Entonces cerré un segundo los ojos y, de una manera inefable, vi a mis hijos en esa sala, sentados cada uno en una silla, balanceando los pies, esperando juiciosos a que la reunión terminara—. Pero no confundan nuestra firmeza —proseguí— con la seguridad que da negociar a dos bandas, cuando otro comprador ya te ha hecho una oferta. La verdad es que no la tenemos. Ni la hemos tenido nunca. Pero también es verdad que, en los últimos cuatro años, he trabajado muy duro para crear un equipo extraordinario, para desplegar nuestra operación en veinte países, para modernizar nuestra infraestructura, para desarrollar a nuestros colaboradores y para construir relaciones de confianza con nuestros proveedores y con nuestros clientes. Hemos alcanzado resultados excepcionales, sin duda. Pero yo he pagado un precio muy caro: apenas he visto crecer a mis hijos. Así que ahora no estoy dispuesta a entregar precipitadamente tanto esfuerzo por una cifra que no represente el auténtico valor de nuestra empresa.

Entonces me sentí como una montaña que tiembla desde dentro para quitarse de encima la nieve acumulada. Nieve caída durante años, agarrada a la tierra por una capa helada. Y más nieve encima aplastando a los arbustos, dejando apenas ver las ramas de los árboles. Una nieve perpetua que empieza a quebrarse desde dentro, alertando primero a los animales, que se quedan inmóviles, atentos como estatuas, observando al principio cómo ruedan pequeñas bolas blancas ladera abajo. Hasta que el rumor se hace rugido y lanza como una ola una inmensa masa de nieve que arrastra impetuosa todo a su paso. Rocas, árboles, postes, cabañas. Los animales intentan librarse moviendo desesperados el cuello y las patas, pero la nieve acaba sepultándolos sin piedad. Y cuando toda esa masa revuelta y salvaje llega abajo, dejando atrás la montaña desgarrada, un silencio blanco se extiende como una nube inundando el valle.

Volví a apoyarme en el respaldo de la silla y observé que a Lin Li se le había descolgado la mandíbula. De repente, reparé en la presencia del señor Colton y puse la mano encima de la mesa.

—Ochocientos cincuenta millones de libras —dijo inesperadamente el señor Wang, y Lin Li, girando al instante la cabeza como un periscopio, repitió atónito:

—¿Ochocientos cincuenta millones de libras?

—Y nos quedamos tres años con Sara —apostilló el señor Wang.

Entonces Lin Li se tapó la cara con una mano, el señor Colton golpeó con su bastón dos veces en la mesa y yo, tratando de contener mi sorpresa, di la reunión por terminada:

—Muchas gracias, caballeros. Estudiaremos su propuesta.

Estos días me despierto muy temprano, pero espero haciendo cosas por la casa para luego desayunar con María. Preparamos juntas todo en la cocina y, al terminar, lo servimos fuera, en una mesa larga, de madera, con pájaros cantando en ramas vecinas y el sol de la mañana posado en la espalda. Fruta troceada, arepas con queso, huevos revueltos, café y, a veces, un trozo de bizcocho con mermelada. Esta mañana me ha preguntado:

—¿En qué anda tan ocupada estos días?

—Estoy grabándole mensajes a una amiga. Cuando termine, se los enviaré todos juntos, como si fuera una carta hablada.

—Qué cosa tan novedosa, señora Sara. ¿Y no sería más fácil llamarla?

—Aún no me atrevo. Era mi mejor amiga, pero le fallé y antes necesito pedirle perdón y también ponerla al día.

—¿De qué?

—De cómo me ha ido desde que nació Oliver; y de historias anteriores que no le conté con calma.

—¿Tanto hace que no hablan?

—Hubo un tiempo en que no hacíamos otra cosa. No callábamos ni bajo el agua. Nos conocimos siendo niñas. Fuimos a la misma escuela y, desde entonces, nos hicimos inseparables y, a la vez, complementarias. Andre tenía el pelo color trigo, y yo, negro como un zapato. A mí se me daba bien la lengua, y a ella, las matemáticas. Yo siempre traía mil ideas, pero ella sabía cómo ejecutarlas. «Matemos dos pájaros de un tiro», ese era nuestro lema. Recuerdo que un día no fuimos a clase, sino a la finca de mi abuela en Llanogrande. Convencimos al jardinero de que nos subiera en su camioneta y le hicimos prometer no decir nada a nadie. Cuando aparecimos por el portón de entrada, vestidas de colegialas, mi abuela se llevó una sorpresa, pero tanta ilusión le hizo esa inesperada visita que arregló nuestra ausencia con una llamada a la escuela y otra a casa. Fue uno de esos días que se quedan para siempre en la memoria, almacenados en una carpeta imborrable. Cocinamos un ajiaco juntas, nos reímos a carcajadas, yo me puse su vestido de novia y Andre, uno de primera dama. Hasta nos llevó a su cuarto secreto y nos dejó husmear por los cajones e incluso leer sus cartas. Encontré una de mi abuelo, un hombre bueno criado en el campo, en la que declaraba su amor con tanta ternura que se nos saltaron las lágrimas. Esa tarde, al volver de la finca, Andre y yo prometimos no dejar de contarnos nada nunca, pasara lo que pasara.

—¿Y por qué dejaron de hacerlo tanto tiempo?

—Ella sí me escribía y me llamaba. Pero yo permití que otros organizaran mi agenda, y Andre quedó *despriorizada.*

—Yo pensé que era usted quien mandaba en su empresa.

Y yo también lo creía, Andre. Hasta que la venta fue firmada.

Al salir de la sala, el señor Colton me dijo:

—Buen trabajo, Sara, piensa la oferta de Wang.

Y yo me encerré en mi despacho todo el día a rumiar una victoria amarga: ocho millones y medio de libras y un cambio inesperado de planes. Esa tarde, Helen me escribió un mensaje por WhatsApp:

—*¿Qué te pasa, Sara?*

—*Nada. Creo.*

—*¿Hay algo que pueda hacer por ti?*

—*Ya lo estás haciendo, Helen. Cuidando del negocio y teniendo paciencia. En su debido momento, te contaré* más.

—*Me siento como McCartney cuando Yoko Ono le robó a Lennon.*

—Don't let me down.

—Get back to where you once belonged.

Al día siguiente llamé al señor Colton para comunicarle que aceptaba la oferta y pedí a mi asesor financiero que investigara si Riverview estaba a la venta. A los pocos días, Morgan me escribió:

*La casa no está a la venta, pero he logrado contactar con la dueña, Margaret Brooks, una anciana encantadora, y me ha dicho que contemplaría la opción de venderla si encontrara a alguien digna de habitarla. Le he dicho que conozco a la persona adecuada. Ha aceptado invitarte a tomar el té en su casa de Londres. A Riverview solo va algunos fines de semana.*

Dos semanas después, llegó el día de la firma. Fue en nuestra sala de juntas. En esta ocasión, solo vino Lin Li, acompañado por un abogado, y excusó la ausencia del señor Wang por motivos de salud. Al señor Colton y a mí también nos acompañó Mathew, nuestro vicepresidente de asuntos corporativos, cuya antigua amistad con Lin Li no logró rebajar ni un segundo la tensión que electrizaba la sala. Una vez que firmamos todos los documentos, Lin Li abrió su portátil y procedió a transferir el precio de venta acordado.

—Antes de realizar la transferencia, quisiera anunciarles algo —dijo separando lentamente los dedos del teclado y apoyando las muñecas en el filo de la mesa.

—Adelante —indicó el señor Colton, y yo asentí sin pronunciar palabra.

—Un repentino deterioro en el estado de salud del señor Wang ha acelerado mi nombramiento como presidente de nuestro *holding* empresarial. Naturalmente, mis nuevas responsabilidades no me permitirán seguir de cerca este próspero negocio. Por lo que he decidido nombrar a un nuevo presidente adjunto, el señor Marcus Baas, quien se incorporará mañana por la mañana. Sara, encárgate de tenerle lista otra mesa en tu despacho. A partir de ahora, trabajaréis codo con codo para seguir haciendo crecer nuestra empresa. Y, por cierto, me encargaré personalmente de que tu bonus se transfiera en las próximas horas.

Fue la última vez que vi a Lin Li y la penúltima que vi al señor Colton. Esa misma tarde se comunicó la venta a toda la organización y también se anunció la llegada de un nuevo presidente adjunto. La noticia corrió de mesa en mesa, y yo observé el revuelo desde la cristalera de mi despacho. Cuando logré reunir fuerzas y ordenar mis ideas, convoqué al comité ejecutivo. Iban entrando en silencio, con caras largas, como un cortejo funerario.

Una vez que estaban todos —algunos con las manos en los bolsillos, otros con un hombro apoyado en la pared y Helen medio sentada en mi mesa—, pedí que cerraran la puerta.

—Sé que esperan explicaciones por la noticia que han recibido esta tarde, pero antes necesito contarles algo. Yo perdí a mi madre dos veces. La segunda, hace una década, cuando murió tras una penosa enfermedad. Gracias a Dios, pude acompañarla en sus últimos momentos y despedirme de ella. Y la primera, cuando tenía catorce años. De vez en cuando, en mi familia organizábamos un viaje de chicos, al que iban mi padre y mi hermano, y otro de chicas, al que iba yo con mi madre. Ese año elegimos Costa Rica y fuimos a un resort en la costa atlántica. En realidad, eran cabañas de madera en medio de la selva, a las que se subía por una pequeña escalera. No eran lujosas, aunque sí confortables, y no tenían ventanas, solo una gruesa mosquitera de suelo a techo y una barandilla hecha con troncos de árboles. Por las noches, al acostarnos, sentíamos la selva —su humedad, sus aromas, sus ruidos inesperados— entrar dentro de nuestra cabaña y rozarnos la cara, pero sabiéndonos resguardadas de insectos y de animales. En aquellos años, mi madre tenía una seria adicción al alcohol, pero solía disimularla en nuestra presencia. Una tarde salimos a pasear y nos adentramos en la selva a través de un sendero indicado con postes de madera. Tras avanzar un rato, llegamos a una playa salvaje. No había más huellas en la arena que las que dejaban las gaviotas, y también los monos al bajar de las palmeras a recoger sus dátiles. Al fondo, nubes inmensas, como gigantes de algodón avanzando sobre el océano en cámara lenta, presagiaban una puesta de sol épica. Mi madre propuso quedarnos a verla, pero cuando echó mano de su petaca en la mochila, vio que estaba vacía y, sin darme otra opción, me dijo que iba a la cabaña por bebidas y que volvería en media hora. Al principio esperé entretenida, jugando con las olas en la orilla. Pasado el tiempo previsto, me asomé al sendero por el que habíamos venido, esperando ansiosa verla aparecer al instante. Luego, la puesta de sol me distrajo por un rato, hasta que cayó de repente y, en apenas unos minutos, fue como si la selva se hubiera bebido la luz de un trago. Intenté regresar por el sendero, pero dentro, debido a la espesura de los árboles, la oscuridad avanzaba aún más rápido. No podía creer lo que me estaba pasando. Desesperada, salí corriendo, tropecé con una raíz y me hice daño en una pierna. Estuve un rato en el suelo, asustada e inmóvil, con la vana esperanza de que alguien viniera a buscarme. Cuando quise levantarme ya no veía nada. Y allí me quedé toda la noche, gritando, pidiendo auxilio, llorando, aterrorizada. Aunque debí caer rendida y dormir unas horas, porque recuerdo el despertarme con la luz de la mañana. Avancé por el sendero como pude, cojeando, y logré llegar a nuestra cabaña. Cuando entré, vi a mi madre tumbada boca abajo en la cama y en el suelo una botella de *whisky* casi vacía. Esa mañana comprendí que esa mujer frente a mí ya no era una madre. Mi madre. Comprendí que estaba sola en el mundo, desprotegida. Supe que ya nadie me cubría las espaldas.

Hice una pausa, me apoyé en el respaldo de mi silla y sentí que el pulso se me había acelerado. Entonces recorrí a mi equipo con la mirada y ya no vi enfado en sus rostros, sino sorpresa y emoción contenida.

—Esa sensación de soledad, que me ha acompañado durante toda mi vida y a la que pensé que ya me había acostumbrado, ha vuelto a estremecerme en los últimos meses, igual que a una niña asustada, desde aquel día en que me marché repentinamente de Davos. Esa misma mañana, apenas una hora antes, vinieron a pedirme que liderara la venta que hoy ha sido anunciada y que firmara un silencio absoluto por contrato.

Me detuve un momento. Desde la ventana llegaba atenuado el rumor de la ciudad: autobuses pasando por Fenchurch Street, el claxon de un carro, la sirena de una ambulancia alejándose. Dentro apenas se oía el roce de las manos metiéndose en los bolsillos, uñas rasgando el cuero cabelludo, gargantas tragando saliva.

—Lo sé, he estado rara, como ausente. Algunos incluso dicen que hemos perdido nuestra magia. Esa magia con la que construimos una organización extraordinaria y alcanzamos, con el esfuerzo de todos durante todos estos años, unos resultados increíbles, verdaderamente históricos. Por eso hoy quiero que sepan cuánto pesa esta carga y la soledad que se experimenta al sentarte en esta silla, para cuando a alguno le toque ocuparla. Y hoy quiero también pedirles un voto de confianza. Un voto para seguir liderando a este equipo, a pesar de que compartiré este despacho con alguien que aún no conozco a partir de mañana.

Volví a pasearme por sus rostros y concluí:

—Ahora me gustaría oírles a todos.

Se hizo un silencio incómodo que cada cual llenó como pudo: rascándose la nariz, afilándose la barbilla, carraspeando o cambiando la postura. Incluso hubo quien se secó las lágrimas pasándose el dedo por las mejillas.

—Entonces, ¿quién será nuestro jefe? —empezó Helen tamborileando con las uñas en mi mesa.

—Seré yo. Pero no olvidéis que Marcus hablará al oído de Lin Li, nuestro nuevo propietario.

Hubo más preguntas sobre los detalles de la negociación, y, al salir, algunos vinieron a darme las gracias y un abrazo. Cuando todos se marcharon del despacho, una notificación de mi banco me anunciaba:

*Ha recibido una transferencia por valor de ocho millones y medio de libras.*

La llegada de Marcus fue menos dramática de lo que esperábamos. Apareció en la oficina a media mañana, y, mientras aguardaba en la recepción, una asistente lo fue describiendo en el chat equivocado:

—*Alto…*

»*Rubio…*

»*Esbelto, pero de hombros robustos…*

»*Ojos verdes…*

»*Mandíbula ancha…*

»*Alemán quizá…*

»¡¡*Es guapísimo!!*

»*Sonríe…, parece amable…*

»*Traje gris a medida…*

»*Sin corbata…*

»*Camisa blanca bien planchada…*

»*No lleva anillo…*

»*Creo que es el tipo de Sara...*

—*Me temo que los prefiero con un toque desaliñado.* Pásate luego por mi *despacho* —irrumpí en el chat oficial de la compañía, desatando el pánico en la incauta autora, risas nerviosas y una nueva oleada de chismes por toda la oficina.

Marcus era un holandés de cuarenta y pocos, con una formación académica exquisita y una notable experiencia como alto ejecutivo, especialmente en Asia. Desde que cinco años antes se incorporó al *holding* chino que ahora presidía Lin Li, lo consideraba su hombre de confianza. Esa mañana entró en mi despacho como un intruso, pero su encanto logró que, al caer la tarde, yo me sintiera como en su casa.

—Estoy aquí para aprender de ti, Sara. Tú sabes todo de un sector en el que yo apenas he trabajado. Supongo que hay mucho para contarme, pero no te apures, tenemos tres años para hacer el relevo —dijo mientras comíamos en el restaurante del Sky Garden.

La noche anterior a su llegada, estuve haciendo bocetos sobre cómo introducir otra mesa en mi despacho. Me espantaba la idea de pasarnos todo el día cara a cara, pero a la vez quería controlarlo. Así que opté por un diseño en forma de ele, para tenerlo en mi campo visual. Pedí una mesa algo más pequeña que la mía, tratando de enviarle un mensaje, pero le pareció demasiado grande y prefirió instalarse en uno de los sillones que había junto a la ventana, donde trabajaba con un finísimo portátil apoyado en sus piernas cruzadas.

—Quisiera conocer a nuestro equipo en cada país —me propuso Marcus una mañana, y, dos días después, nos embarcamos juntos en una gira, empezando por las plantas de Estados Unidos, México, Colombia y Argentina.

Su paso por Indiana, Tennessee y Georgia fue un éxito rotundo. Denis, nuestro *country manager*, un texano de sombrero, cinturón y botas, nos fue mostrando cada planta y, al terminar la jornada, nos llevaba al restaurante local donde servían la mejor hamburguesa; aunque él siempre pedía dos, a las que llamaba «mini», acostumbrado a las dimensiones que todo tiene en Texas. Un día retó a Marcus a subirse a un toro mecánico y, admirado de que aguantase casi un minuto, empezó a llamarlo *bro*.

Al llegar a México, descubrí el don de Marcus para los idiomas. Como buen holandés, hablaba cinco con un nivel excelente, y su español incipiente me hacía reír cada vez que abría la boca.

—Me gustas mucho —dijo mientras mostraba su vaso de tequila a una camarera del Hotel Four Seasons, quien trató de disimular su sonrojo mirando a otra parte.

En Colombia visitamos las plantas de Cali y de Barranquilla. Al llegar el fin de semana, yo fui a Bogotá a visitar a mi padre y a mi hermano, a quienes hacía tiempo que no veía, y él se fue de turismo por Cartagena de Indias. Quedamos en el aeropuerto de El Dorado el lunes por la mañana, para viajar juntos a Buenos Aires, y Marcus apareció con la piel quemada y unas ojeras que revelaban más horas de fiesta que de sueño.

—¿Cómo te ha ido el fin de semana? —le pregunté.

—Tu país es maravilla, amo la rumba —me contestó en su español rudimentario y luego me contó que conoció a unos gringos en el hotel y que le invitaron a pasar el día en las Islas del Rosario.

En el vuelo nos tocaron asientos contiguos: Marcus junto al pasillo, y yo en la ventana.

—¿Cómo aguantas este ritmo de viajes durmiendo poco? —le pregunté cuando alcanzamos velocidad de crucero.

—Hace años formé parte de una banda de *blues rock*. Éramos una guitarra, un bajo, un batería y yo tocaba el piano y también cantaba. Actuábamos en un bar seis noches a la semana. Solíamos acabar como a las dos de la madrugada, y mis clases en la universidad comenzaban a las ocho. Desde entonces, me las arreglo con cinco horas de sueño.

—Son pocas, ya lo creo. ¿Erais famosos? —pregunté displicente.

—Fuimos unos perfectos desconocidos hasta que pusimos de moda el bar de un amigo en Ámsterdam. No tocábamos por dinero, sino porque no podíamos dejar de hacerlo. Amábamos el directo, sentir que la audiencia vibraba. Empezamos versionando a Eric Clapton, Robert Johnson, Jimi Hendrix, a los grandes. Pero, poco a poco, nos lanzamos a componer nuestros propios temas.

—¿Puedo escuchar alguno? —le pedí ahora curiosa, y él sacó de su mochila un cable muy extraño.

—Es un *splitter*. Con esto —dijo sosteniéndolo con los dedos— los dos podemos escuchar la misma música, cada uno en sus auriculares. Veamos qué te parece *So Far Too Good*.

—No está mal —afirmé con poco entusiasmo tras escucharla, aunque su voz me había dejado perpleja y hasta se me fue un pie con el ritmo de la música.

—¿Y qué tipo de música te gusta a ti, Sara?

—¿Tienes algo de John Mayer? —le pedí, y Marcus me puso *Perfectly Lonely*. Luego él escogió *Roxanne* de The Police, entonces yo respondí con *King Of Anything* de Sara Bareilles y así nos pasamos el resto del viaje. Cuando faltaba una hora para aterrizar en el Aeropuerto de Ezeiza, di por terminada la audición sacando mi portátil. Al rato, una azafata preguntó a Marcus:

—¿Quieren tomar algo usted o su esposa?

—No soy su esposa. Somos compañeros de trabajo. Si quiere saber qué quiero tomar, puede preguntármelo directamente.

—¿Quiere tomar algo? —dijo ahora con una sonrisa forzada.

—No, gracias —respondí cortante, y luego dudé si había ido demasiado lejos tratando de marcar la distancia.

Cuando el sábado siguiente aterrizamos en Londres, me encontré con que Morgan me había organizado, esa misma tarde, un té en casa de Margaret Brooks, quien vivía en el barrio de Kensington. Después de dos semanas de viaje, descarté la opción de aparcar unas horas a Oliver y a James, así que fuimos de paseo a Hyde Park y luego caminamos a nuestra cita.

—Hoy solo os pido un favor —les dije antes de llamar a la puerta—: saludad a la señora Brooks con una sonrisa encantadora y, cuando nos sentemos, quedaos quietos como momias.

Un mayordomo uniformado nos recibió con su nariz colosal, ademán ceremonioso y pocas palabras, y con nuestros abrigos colgados del brazo, nos hizo pasar a una sala victoriana. En las paredes de madera colgaban retratos del diecinueve y un cuadro enorme de la caza del zorro. Frente a la chimenea, recién encendida, había un sofá burdeos, dos sillones de cuero y, algo más cerca del fuego, un par de butacas sin respaldo.

—Ni se os ocurra tocar el piano —les dije entre dientes, aunque tarde, porque Oliver se lanzó a practicar en ese mismo momento el vals de Chopin que estaba aprendiendo en sus clases particulares. Y cuando yo me dirigía como una exhalación a cerrarle la tapa, se asomó por la puerta la señora Brooks.

—¿Quién está tocando esa música tan deliciosa? —exclamó juntando las manos en el pecho y encogiendo los hombros con deleite.

—Discúlpenos, señora Brooks —dije entre nerviosa y ruborizada.

—Oh, por favor, sigue —rogó con ternura a Oliver—, me has recordado a Robert. Desde que murió, nadie ha tocado el piano en esta casa.

La señora Brooks mostraba un vigor inusual para estar cerca de los noventa años. Llevaba su pelo blanco recogido en un moño alto y tenía los ojos color miel y las manos huesudas, con las venas marcadas tras una finísima piel blanca. Vestía una chaqueta *beige* abotonada hasta el cuello, una falda verde plisada, medias de lana a juego y unos zapatos de ante negro rematados con un broche plateado. Tras acomodarnos junto a la chimenea, nos preguntó, recorriéndonos a los tres con la mirada:

—¿Así que andáis buscando una casa de campo en Oxfordshire?

—Yo quiero aprender a ordeñar una vaca —se adelantó James, y, antes de que yo pudiera decir nada, Oliver añadió:

—¿En su casa también hay gallinas?

—En Riverview hay algunos conejos, muchas ardillas y toda clase de pájaros —terció la señora Brooks—, pero muy cerca de la casa, en Cumnor, hay una espléndida granja. ¿También os gustan los perros?

—Sííí —respondieron al unísono, y, a partir de ese momento, dejé el encuentro en manos de los monstruos.

El siguiente fin de semana, la señora Brooks nos invitó a almorzar en Riverview. Wilson, el jardinero, nos abrió la reja de entrada y nos indicó, moviendo el brazo, que parqueásemos detrás de la casa. Más que un hombre de pocas palabras, era de casi ninguna. Su sí consistía en una repentina y sonora inhalación de aire, levantando levemente la punta de la nariz, y su no, en un breve giro de cabeza. Al salir del carro, nos indicó, levantando las cejas, una ventana en la planta baja, a la que la señora Brooks se había asomado al oírnos llegar y desde la que nos saludó con la mano igual que la reina. Al cabo de unos minutos, en los que, contemplando absorta la casa, perdí de vista a los chicos, la señora Brooks salió por la puerta de servicio con un pañuelo verde en la cabeza, chaqueta y falda de *tweed* y unas botas de agua. Los chicos reaparecieron corriendo junto a dos perros de raza Whippet: un macho gris cobalto y una hembra blanca con la cara marrón.

—Bienvenidos a Riverview. Disculpad que os reciba así, andaba cortando unas rosas.

—Gracias a usted por invitarnos, señora Brooks. ¡Qué casa tan hermosa!

—¿Ya conocéis a Dark y a Grace? —preguntó a los chicos mientras los perros se revolcaban a sus pies en la hierba—. Son traviesos, pero nobles.

—Parece que está describiendo a mis hijos —apunté con un guiño.

—Ojalá todas las madres pudiéramos decir lo mismo.

Habían preparado un almuerzo espléndido en el comedor principal, iluminado por tres ventanales y una lámpara en forma de araña que colgaba en el centro de la mesa. A un lado nos sentamos nosotros y al otro, la señora Brooks y un señor enjuto, de rostro antipático y con gafillas redondas al que presentó como su secretario, aunque más bien parecía que trabajaba en una funeraria.

—He invitado a este almuerzo al señor Bell, con quien podréis resolver cualquier duda sobre Riverview. Trabaja conmigo desde hace varios siglos —dijo con una mueca que hizo reír a mis hijos, y él les devolvió una sonrisa forzada que curvó hacia arriba su finísimo bigote.

—Es un placer conocerle, señor Bell —fingí yo, determinada a mostrarme ese día exquisitamente amable.

El almuerzo transcurrió entre delicias de la gastronomía local, una conversación aséptica sobre el clima y una disertación del señor Bell sobre la caza del zorro en la que estuve a punto de dormirme.

—Tengo entendido que tienen interés en comprar la casa. Usted y su marido, supongo —inquirió, una vez terminado el postre, mirándome por encima de las gafas.

—El padre de mis hijos vive en San Diego. Se trata más bien de un interés personal —contesté tratando de pasar esa página.

—Muy bien —dijo acercándose a la cara unos papeles—. El precio de venta son nueve millones de libras. Pero también quisiera advertirla sobre el elevado coste que tiene vivir en esta casa. Solo el mantenimiento de las instalaciones y de la caldera representa quince mil libras al año. Y me temo que la lista es larga: jardinería, doce mil libras al año; el salario de la cocinera…

—Oh, señor Bell, qué aburrido es todo eso —interrumpió la señora Brooks—, hablemos de lo importante: ¿qué estás buscando en Riverview, Sara?

Entonces apoyé los codos en la mesa, me sujeté la frente con los dedos, cerré los ojos un momento y, al volver a abrirlos, vi que el señor Bell se había quitado las gafas y me observaba expectante. Me giré hacia la señora Brooks y dije:

—Lo que perdí en Llanogrande: mi infancia, paz interior, el amor que derramaba mi abuela por todas partes. Un hogar donde devolver a mis hijos el tiempo que les he robado.

—Mami, ¿podemos salir a jugar al jardín? —preguntó Oliver.

—Me parece una idea excelente —concluyó la señora Brooks—, salgamos a tomar el aire.

Anoche mis hijos me llamaron desde La Jolla, una playa al norte de San Diego, y me contaron las aventuras que están viviendo con su padre. Siguen de vacaciones, y Bryan ha alquilado una caravana plateada con la forma de una antigua cápsula espacial en la que andan recorriendo la Costa Oeste. Están aprendiendo a hacer surf y a pescar desde los muelles. Se los ve felices, bronceados. A Oliver lo noté mayor, más juicioso. Y James, tan divino, me dijo que no echa de menos Inglaterra, pero sí a su madre. Al colgar la videollamada me inundó una tristeza inconsolable. Me vine otra vez abajo. Me dio pena que tengan que hacer nueve mil kilómetros para estar conmigo o con su padre. Por eso hoy he salido a caminar por los prados y me he vestido con colores vivos, una falda larga de flores y una blusa amarilla, para decirme a mí misma que saldré adelante, que podré sobrellevar su ausencia hasta diciembre, si logro que Bryan los deje venir a Riverview.

Necesito Navidad y aún no ha terminado julio. Pero no como la de hace dos años, cuando quisimos dar la bienvenida a Marcus.

La fiesta de Navidad de la empresa es algo que siempre delegué por completo, para empoderar al equipo y porque me gusta el factor sorpresa. Y te juro que la tuve. Tres días antes del evento, supe que el comité de festejos organizó un homenaje a nuestros nuevos dueños en el que todos debíamos ir vestidos de chino. Alquilaron The Pavilion, una sala de fiestas junto a la Torre de Londres, y la llenaron de dragones negros, de farolillos rojos, de estandartes con inscripciones y hasta de gatos de la suerte agitando el brazo. Para mi disfraz opté por el tradicional *qipao*, un vestido entallado sin mangas, de cuello alto y con una botonadura de pequeños colmillos de morsa. Lo elegí negro y con motivos florales, y, al llegar a la sala, para mi horror, todos pensaron que me había puesto de acuerdo con Marcus. Él venía con un *hanfu*, una túnica larga y cruzada, también negra y floral, con unas mangas tan amplias que podrían haber escondido un par de juegos de sables. Así que preferí mantenerme alejada de él, hasta que llegaron los brindis y el equipo clamó, ya algo pasado de vinos, que ambos subiéramos al escenario.

—Brindo por una empresa en la que el sol nunca se pone —se lanzó Marcus primero, ganándose una ovación que ni el Manchester United.

—Y yo brindo por un equipo grande, incomparable, que ha sabido mantenerse unido a pesar de las dificultades y que ha logrado todo esto porque no sabía que era imposible.

Hubo un aplauso prolongado y alguien gritó «Que se besen», pero preferí no darme por enterada. Más tarde llegó el karaoke y me tocó inaugurarlo. Elegí *Home,* de Michael Bublé, y logré terminarla con la ayuda de todos, haciendo el tipo de ridículo corporativo que pactamos no mencionar al día siguiente. Luego surgieron más espontáneos y la fiesta alcanzó velocidad de crucero. Hasta que le llegó el turno a Marcus. Se subió al escenario con la seguridad del que cocina en sus fogones, pidió *Yellow,* de Coldplay, y mientras sonaban los primeros acordes de guitarra, se quitó la túnica, se quedó con una camiseta negra por la que trepaba un dragón plateado, agarró el micrófono y empezó a cantar con una voz prodigiosa que cautivó a toda la sala mientras se movía por el escenario con el magnetismo de una estrella. A la mañana siguiente, los chats de la empresa echaron humo...

Con el paso de los meses, el magnetismo de Marcus también empezó a transformar, poco a poco, la atmósfera de nuestro despacho. Por un lado, tenía deseos de estar cerca de él, de respirar su aroma limpio, de escuchar su voz, de observarle las manos. Y, por otro, mi corazón sabía en lo más profundo que, dadas las circunstancias, dejar volar esa emoción era algo erróneo, del todo inapropiado. Y así de contradictoria, una noche rastreaba en las redes sus fotos y sus historias y, a la mañana siguiente, lo trataba con una aspereza impostada.

Un día me invitó a almorzar en The Oyster Shed, frente al Támesis, y me contó que tenía un hijo adolescente que vivía en Bangkok con su madre, de la que estaba divorciado. Y yo luego me arrepentí de haberle contado también cómo acabó lo mío con Bryan. Esa noche, al llegar a casa, le pedí consejo a María.

—¿Qué haces si te atrae la persona equivocada? —le pregunté cuando vino a darme las buenas noches.

—Qué difícil es responder a esa pregunta, a pesar de que a todo el mundo le pasa.

—No me diga que a usted también.

—Me temo que sí. Pero fue hace mucho tiempo.

—¿Y cómo logró olvidarlo?

—Eso es bien complicado, señora Sara.

—María, cuénteme cómo lo hizo —insistí sin dejarle escapatoria.

—Creo que —dijo haciendo memoria mientras recogía un muñeco que los chicos habían dejado por el suelo— dedicándome a cuidar de su madre por las mañanas, a acompañar a mi hermana y a su hijo por las tardes y a cocinar para un matrimonio anciano los fines de semana.

Así que traté de olvidar a Marcus saliendo temprano del trabajo para ocuparme de Oliver y James y, más tarde, tras dejarlos dormidos, de resolver el desajuste presupuestario que se avecinaba con la compra de Riverview.

—Sara, entiendo cuánto deseas esa casa, pero nueve millones de libras dejarían tus finanzas en una posición muy frágil. El precio máximo de compra que te recomiendo son siete millones y medio —me dijo tajante Morgan, y le pedí que me organizase otro encuentro con la señora Brooks, esta vez sin la incómoda presencia del señor Bell.

Unos días después, la señora Brooks me recibió de nuevo en su casa de Londres. Nos sentamos a tomar el té y, para no hacerle perder el tiempo, disparé a bocajarro:

—Siento decirle que mi presupuesto no alcanza. Solo podría pagar siete millones y medio.

—Riverview no tiene precio, ni tampoco lo que he vivido en esa casa. Puede que tu cifra no alcance lo que tasan los expertos, pero es mucho más fácil encontrar a un rico que quiera vivir en ella que a alguien que merezca habitarla. Y no creas que Robert y yo no lo intentamos. Hubo un tiempo en el que recibimos a compradores casi todas las semanas.

—¿Y no tienen descendencia? —pregunté tratando de sonar respetuosa.

—Tenemos. Dos hijas. Pero no se llevan bien entre ellas y en lo único que están de acuerdo es en venderla al máximo precio y luego despedazar las ganancias.

—¿Y qué le hace pensar que yo podría ser digna de Riverview, señora Brooks?

—Háblame de tu abuela —me dijo como si no hubiera escuchado mi pregunta.

—A mi abuela le tocó hacer de madre conmigo porque su hija enfermó de alcoholismo. Mi madre —aclaré— tiene su propia historia… Mi abuela vivió toda su vida en una finca en Llanogrande, una planicie frondosa en la montaña a la que suben desde Medellín muchas familias a pasar el fin de semana. Podría haber vivido acomodada, pero se la pasó ayudando a campesinos de la zona. Aparte de darles trabajo y de pagarles como corresponde, les construyó una granja de flores, enseñaba a leer a sus hijos, hasta los invitaba a la finca a celebrar la Navidad con sus familias. Era una mujer muy querida. Vivía para los demás. Cocinaba delicioso. Nunca se la veía descansar. Creo que ese espíritu activo se lo he heredado. A mí me fascinaba hacer cualquiera cosa con ella: ir al mercado, tender la ropa, ordenar la casa o pasear a caballo. Pero mi abuela murió demasiado pronto, cuando yo tenía doce años.

—Puedo imaginar tu dolor al perderla.

—Es un dolor extraño, porque es como si siguiera viva. A veces necesito volver a ella.

—¿Cuándo?

—Cuando pierdo la esperanza.

—¿La esperanza de qué?

—De que se pueda ser realmente feliz en esta vida.

—¿Crees que existe otra?

—No —dije tajante, y ella entrecerró los ojos para mirarme por dentro—. A veces sí. No estoy segura —maticé.

—¿Tu abuela tenía fe?

—Tenía una fe más allá de la cordura. ¿Y usted?

—Fe sí tengo. Pero también ando mal de esperanza.

Aproveché un silencio para dar el último sorbo de té y dejar mi taza en la mesa. La señora Brooks hizo lo mismo añadiendo:

—Me hubiera gustado que mis hijas te conocieran hace años.

Luego me acompañó hasta la puerta y, al despedirnos, me dijo mientras yo bajaba las escaleras que daban a la calle:

—Trato hecho, Sara. Le diré al señor Bell que proceda a la venta.

La emoción de llegar a un acuerdo para la compra de Riverview se esfumó al día siguiente, cuando, al terminar la jornada, Marcus me propuso tomar una copa y yo me excusé diciendo que estaba muy ocupada. Pero él insistió:

—Será solo un rato.

—Te lo agradezco, Marcus, pero no me parece apropiado.

—¿Por qué? —preguntó sorprendido.

—Para no enviar un mensaje equivocado al equipo.

—Podemos hacerlo discretamente, no tienen por qué enterarse —me dijo con ojos traviesos.

—La respuesta es no, gracias.

Entonces él me agarró de un brazo y me dijo:

—Anda, no seas boba, Sara. No vamos a hacer nada malo.

Y yo me abrí paso entre él y la puerta y me fui de la oficina como huyendo de un incendio. Al llegar a casa, me entró un mensaje de Marcus:

*Sara, eres muy hermosa y lo sabes. Lo que quizá no sepas es que también eres la mujer más atractiva que he conocido. Siento que hay algo especial entre nosotros y quisiera explorarlo.*

No le respondí y, al día siguiente, escribí a mi asistente para que cancelase mis citas. Salí de casa con traje y tacones, disfrazada de ejecutiva, pero pedí a mi chófer que me dejara en Regent Street. Al bajarme, le dije:

—Por hoy hemos terminado, puede irse a casa.

Había olvidado qué era un día libre, qué se siente al caminar sin rumbo por la calle, sin prisa y sin planes. Entré en una tienda de antigüedades y conversé sobre mapas con el dependiente, un joven con gafas redondas y delantal de cuero. Visité The Wallace Collection junto a un grupo de japoneses y luego me tomé una taza de chocolate en Starbucks. Me paseé por tiendas, me probé zapatos y me eché perfumes sin intención de comprarlos, excepto uno con notas de mandarina. Ayudé a una pareja que me pidió una foto y al final fueron seis o siete, desde distintos ángulos. Aprendí historia de Inglaterra contemplando esculturas y monumentos con la ayuda de Wikipedia. Compré una manzana verde y un sándwich de pavo y me senté a almorzar en un banco frente a Buckingham Palace. Al terminar, me quité los tacones, caminé por la hierba y me tumbé al sol a pensar qué me pasó con Marcus:

«¿Y si tengo yo la culpa? ¿Y si he sobrerreaccionado? ¿Y si ya no tiene arreglo? ¿Y si voy y lo mato?».

Después de explorar cien opciones, me dije:

«Estate tranquila, ya le has trazado la raya. Actúa como si nada hubiera pasado».

Y así transcurrieron varias semanas, con nuestro despacho convertido en un campo de batalla. Saludos forzados, silencios largos, reuniones improvisadas en los pasillos y salidas a hacer llamadas para alejarme de él por un rato. Y entonces Marcus empezó a aproximarse a Helen, a buscar excusas para hablar con ella, a reírse de una manera forzada, a tratarla con una complicidad que me empezó a poner de los nervios.

En esas estábamos cuando me llegó un mensaje de Morgan:

*La compra de Riverview ha sido ejecutada. La señora Brooks ya ha recogido sus cosas. Vía libre para la mudanza.*

La perspectiva inminente de irnos a vivir a Riverview me cambió el humor por completo. Esa noche se lo comuniqué a mis hijos y, con la ayuda de María, puse en marcha la maquinaria del traslado. Me tomé unos días libres, compré cajas de embalaje, hice un inventario en Excel y todo fue sobre ruedas hasta que un día, al llegar del colegio, Oliver y James vieron que sus juguetes ya estaban guardados en cajas. Se plantaron en la cocina con los brazos cruzados:

—¡Queremos jugar, y no habéis dejado fuera nada! —se quejó Oliver erigiéndose en líder del sindicato.

—Pero tenemos rotuladores —amenazó James, sujetando un puñado en cada mano.

—Ni se le ocurra. ¿¡De dónde ha sacado eso!? —pregunté enfadada.

—La caja de los muñecos la he dejado abierta, señora Sara —dijo María como pidiendo permiso, y los monstruos salieron corriendo a buscarla como una estampida de búfalos.

La entrada en Riverview no fue exactamente como la había imaginado. Tras dejar nuestra casa de Londres, me entretuve haciendo la compra con María y mis hijos, y el camión de la mudanza acabó llegando antes. Wilson le abrió la reja de entrada e indicó al conductor que pasara con gestos que no debieron de ser claros, ya que el camión entró por la hierba dejando dos surcos de barro y fue hundiéndose poco a poco como un barco al ser botado. Cuando llegamos, no pude creer lo que vi. Wilson se ganó un regaño que enmudeció hasta a los pájaros. Pero una vez se me pasó el disgusto, me dio la risa cuando María me dijo:

—Señora Sara, a mi ese camión me parece una de esas obras de arte que hacen ahora... ¿Cómo las llaman?

—Instalaciones. Ahora que lo dice, solo falta un poste clavado en la hierba que diga: «Mudanza trágica, primer acto».

Durante tres días, Wilson trabajó de sol a sol para devolver al jardín su aspecto previo al desembarco. Y María y yo logramos desembalar todo mientras los chicos, que ya habían terminado el colegio, andaban tramando quién sabe qué en la buhardilla. Una tarde, cuando estaba ordenando mi ropa en el vestidor, me llegó un inesperado mensaje de Marcus. Solo de ver la notificación, se me hizo un nudo en el estómago. Me senté en la cama, conté hasta cien para mantener la calma y comencé a leerlo preparada para recibir malas noticias:

*Sara, espero que la mudanza esté yendo muy bien. Se te echa de menos en la oficina. Por aquí todo sigue su marcha. Estoy trabajando con Helen en una presentación para contarle a Lin Li cómo ha evolucionado el negocio en este trimestre. Va a quedarse impresionado. Los resultados están siendo fuera de serie. Nos ha pedido que vayamos tú y yo la semana que viene a Shanghái. Tu asistente ya está coordinando nuestro plan de viaje. Que descanses. Nos vemos en unos días.*

En el vuelo a Shanghái nos tocó volar juntos, pero fui armada con *Los hermanos Karamazov*, un libro de casi quinientas páginas que empecé a leer desde el minuto uno, y Marcus optó por ver series. Cuando llegó la cena, sacó un tema intrascendente y yo le seguí el baile sin despeinarme. Luego me tomé una pastilla para dormir, me giré para el otro lado y me desperté cuando el avión sacó el tren de aterrizaje.

Hicimos el *check-in* en el Marriott y quedamos dos horas después en el salón del piso ejecutivo para revisar la presentación que haríamos el día siguiente a Lin Li. Ajustamos algunas diapositivas y nos dividimos quién contaría cada parte. La reunión fluyó sin tiranteces, con una cordialidad que me hizo bajar la guardia:

—Cuando toque leer textos, prefiero que se encargue el rey del karaoke —le dije en broma.

—No me digas que el equipo me ha puesto ese mote.

—No, que yo sepa, pero gracias por la idea.

—¡No seas malvada!

Por la tarde, fui a correr al gimnasio y él me anunció que iba al *spa* a darse un masaje y luego a cenar con un amigo. Yo opté por cenar en el hotel y acostarme temprano. Tomé una ducha en mi habitación, hice una videollamada a mis hijos, pedí que me reservaran una mesa en el restaurante y bajé con *Los hermanos Karamazov* dispuesta a leer mientras llegaba la comida. Pedí un menú degustación y, en cuanto abrí el libro, me entró un mensaje de Helen:

—*Sara, ¿cómo vas con la mudanza a Riverview?*

—*Muy bien, aunque ahora ando en Shanghái.*

—*¿¡En Shanghái!? ¿Para qué has ido?*

—*Marcus me dijo que Lin Li quería vernos a los dos.*

—*Qué extraño... La semana pasada, Marcus me reenvió el* e-mail *de Lin Li y no te mencionaba en la invitación.*

De repente, Marcus apareció por sorpresa en el restaurante y se dirigió a mi mesa.

—Cambio de planes. Mi amigo me ha cancelado la cena —dijo contrariado—. ¿Te importa si te acompaño?

—Adelante —indiqué señalando la silla de enfrente con una amabilidad automática.

El despliegue ceremonioso de cuencos con delicias chinas llenó la conversación hasta el postre, en el que Marcus le dio un giro inesperado:

—Sara, ¿cómo te sientes cuando piensas en todo lo que has logrado?

—¿A qué te refieres?

—A tu carrera profesional.

—No es algo en lo que piense demasiado, para ser sincera. Prefiero seguir mirando hacia delante.

—¿Y qué ves cuando piensas en el futuro?

—Mucho que hacer —respondí sin entrar en detalles.

—Me imagino que ahora andarás muy atareada con la mudanza a tu nueva casa en Oxfordshire.

—Ya lo creo. No está siendo tan fácil como pensaba.

—Y asumo que, viviendo a casi dos horas de Londres, tienes planeado teletrabajar más —insistió tratando de abrir un asunto sobre el que yo me había propuesto mantenerlo desinformado.

—Así es. Pero espero que no sea un inconveniente —dije sin intención de negociar nada al respecto.

—No veo que lo sea para la empresa. Aunque confieso que a mí me agrada trabajar a tu lado. Me sirve para captar matices sobre tu forma de liderar.

—Supongo que cada uno tiene su propio estilo —concedí mientras pensaba cómo reconducir la conversación a otro tema.

—¿Cómo definirías tu estilo, Sara?

—Marcus, ya hemos hablado mucho de mí. ¿Por qué no me cuentas sobre el tuyo? —dije lanzando la pelota a su tejado.

—A mí me gustan los desafíos. Me aburre lo fácil. Me atrae la aventura. Disfruto explorando. Tal vez por eso he vivido en seis países. Pero ahora siento que necesito asentarme, echar raíces y quizá encontrar a mi pareja.

—Interesante —dije sin darle mayor importancia, y levanté la mano para pedir la cuenta. Cada uno firmó la suya, y Marcus sugirió tomar una copa en el bar.

—No, gracias, estoy cansada. Es hora de ir a dormir —decliné su propuesta levantándome de la mesa.

Mientras subíamos juntos en el ascensor, esperó a que saliera un señor y nos quedáramos solos para preguntarme, acercándose a una distancia incómoda:

—¿Estás lista para explorar?

—¿Explorar qué?

—Lo nuestro —dijo mirándome fijamente a los ojos.

—¿Qué insinúas? —pregunté desconcertada.

Entonces me acarició la mejilla con el revés de la mano mientras decía:

—Estás preciosa esta noche, Sara. —Y, de repente, me besó en los labios y me tocó las nalgas.

Por suerte, en ese momento se abrió la puerta del ascensor. Lo empujé para quitármelo de encima y salí escopeteada. Noté que me seguía. Cuando llegué a mi habitación, me di la vuelta y le grité furiosa:

—¡Maldito cerdo! ¡No vuelvas a tocarme!

—No te pongas así, Sara. —Levantó las manos tratando de calmarme.

—Ahora lo entiendo todo... Ya sé por qué me has hecho viajar a Shanghái.

—No sé de qué me hablas —respondió fingiendo parecer sorprendido.

—Lin Li no pidió que yo viniera. ¡Eres tú quien me ha preparado esta encerrona! —le dije apuntándole con un dedo a la cara.

—¿Cómo puedes saber tú lo que pidió Lin Li? —preguntó ahora con cinismo.

—Lo sé porque me lo acaba de decir Helen —dije mostrándole mi celular—. ¿¡Quién diablos te crees que eres!?

—Soy tu jefe —respondió entonces con una frialdad sobrecogedora.

Y mientras le cerraba la puerta de mi habitación en la cara, pude oír sus últimas palabras:

—Y tú, no más que una asistente extremadamente cara.

Recogí mi equipaje, regresé al aeropuerto y logré subirme por los pelos en un vuelo a Londres. No pegué ojo en toda la noche. Aunque creo que tampoco hubiera dormido de haber quedado sitio libre en clase ejecutiva.

Y así fue como llegué a Riverview aquella mañana en la que vi garabatos de los monstruos pintados por las paredes y les cayó un regaño memorable. Pero solo descargué parte de mi ira con ellos. El resto me la llevé a Londres, ese lunes en el que fui a poner fin a mi carrera. Pedí a mi conductor que viniera a recogerme más temprano y que pusiera durante el trayecto el concierto número dos para piano de Rachmaninoff. Iba furiosa a la oficina a recoger mis cosas y a dejarle a Marcus en la mesa mi carta de renuncia. Decía así:

*Marcus:*

*A mí no me engañas. Detrás de esa fachada que te tocó por genética, sin mérito alguno de tu parte, hay un corazón podrido, un hombrecillo vanidoso y miserable, un aprendiz de galán, un simple cobarde, alguien capaz de usar la fuerza prestada de un cargo para intentar seducir a subordinadas.*

*Amo a esta empresa. Amo a este equipo. Pero a ti no quiero volver a verte. No quiero gastar ni un minuto más contigo, ni siquiera respirar el mismo aire. Nunca nadie me había provocado tanta náusea. Considera esta carta como mi renuncia, con efecto inmediato.*

Al entrar en Londres, vi de lejos el edificio del MI6 en el que trabajó el señor Colton y tuve la corazonada de escribirle.

—*Voy rumbo a la oficina a entregar mi carta de renuncia. Ha sucedido algo terrible. ¿Tendría unos minutos para conversar ahora?*

—*Sara, cambia el rumbo. Te espero en casa.*

Era demasiado temprano. Me recibió con un batín de seda burdeos, me ofreció café y me llevó a su despacho. Le conté con detalle todo lo que había pasado desde la llegada de Marcus, pero, al llegar al final, me temblaron los labios, se me saltaron las lágrimas y él vino a sentarse a mi lado para ofrecerme un pañuelo y prestarme su hombro.

—Siento ocasionarle todo esto, señor Colton, usted no tiene la culpa.

—No imaginas cuánto lo lamento, Sara. Hace años, a ese depredador le hubiera roto la cara de un puñetazo. Pero ahora, más que nunca, hay que mantener la calma y actuar con la cabeza fría.

Me sugirió que presentara una denuncia, que fuera cautelosa con la versión que daba a mi equipo y que volviera a redactar la carta, que al final dejé en una sola línea:

*Por motivos personales, presento mi renuncia.*

Esa misma mañana, me puse en manos del señor White, un abogado de prestigio en estos casos, quien me advirtió de que el proceso sería largo.

—No vuelvas a la oficina. Haz tu vida. Te mantendré informada —me dijo al salir de su despacho.

Lo más difícil fue no poder explicar a mi equipo qué había pasado. Les envié un mensaje escueto y luego almorcé con Helen.

—No entiendo nada, Sara. Nadie lo entiende. Todos están sorprendidos de que te vayas así, de un día para otro —dijo después de leerme mi propio mensaje.

—De acuerdo, Helen. Si quieres saber la verdad, júrame que no dirás nada a nadie.

—Tienes mi palabra.

Se lo conté todo, con pelos y señales. Al principio, no podía creerlo y, al final, me confesó consternada que ella había empezado a sentir algo por Marcus, pero que ahora se sentía engañada. Prometimos mantenernos en contacto y me despedí diciéndole:

—Cuida del equipo, Helen, hasta que se me ocurra algo para sacaros de ahí. Y tú… ten mucho cuidado.

Esa tarde, de regreso a Riverview, vine todo el trayecto en silencio, sin leer informes ni conectarme a videollamadas, con la cabeza apoyada en el respaldo y el sol dándome en la mejilla, viendo pasar bandadas de pájaros y a las sombras de los árboles alargarse en los prados. Me sentí como una libélula posada en una rama llevada por la corriente de un río.

Al llegar a casa, bendije a John por su segunda mano de pintura y por dejar impecable el cuadro de Banksy. Luego subí a mi habitación, puse el bolso en mi escritorio, me asomé a la ventana y vi a mis hijos jugando con los perros en la hierba. Entonces me dejé caer con los brazos abiertos en la cama y comenzó la segunda parte de mi vida.

Andre, hoy me ha dado por fijarme en cómo el tiempo pasa por las cosas, acariciando algunas como la brisa y destruyendo otras como hace el salitre en la cubierta de los barcos. Y me ha parecido que la madera de mi escritorio está viva y que, en su escala microscópica, trabaja como un millón de hormigas para sostener mis cosas e incluso me perdona reabsorbiendo las gotas de café que derramo, mostrándose siempre lustrosa, como un perrillo agitando la cola a los pies de su amo.

Me pregunto si a mi rostro también le pasa lo mismo, si tiene detrás un alma con la que respira, que lo repara cada noche, que vuelve a surtirlo de las lágrimas que he gastado en estos cuarenta y cuatro años que hoy me toca celebrar sola. Me pregunto para qué sirve un cumpleaños cuando no te acompañan los amores de tu vida. Quizá para arrancarlo de un tirón del calendario y arrugarlo con una sola mano.

El del año pasado pudo acabar en tragedia, aunque ahora lo recuerdo con una sonrisa. Para aquel día, Oliver y James ya eran especialistas en desaparecer por la casa y reaparecer más tarde con cara de haber hecho algo que no iba a ser de mi agrado. Pero en esta ocasión me llevé una sorpresa, porque, al no verlos en sus camas cuando fui a despertarlos, bajé a preguntar a María y acabé encontrándomelos en la cocina, terminando de ayudarla a preparar el desayuno y a decorar la mesa con sus dibujos.

Oliver me pintó volando con una capa mientras que ellos iban debajo en dos bicis, un sutil recordatorio de que se las comprara. Y James nos dibujó a los tres subidos a un caballo que tiraba de una casa que quería ser Riverview. No sé cómo tuvo esa ocurrencia. Por la mañana, vinieron conmigo al mercado a comprar un almuerzo de cumpleaños y les dejé escoger el postre, que yo ya sabía que iba a ser helado, cada uno del sabor que prefiere: Oliver vainilla y James chocolate. No creo que exista nadie en el mundo capaz de hacerles probar otros sabores.

Almorzamos en la mesa de nogal, bajo la arboleda, y, al terminar, trajeron los helados con mi edad en velas de cera, que me hicieron apagar antes de tiempo porque se les hacía la boca agua. Cuando quise darme cuenta, en los platos no había nada y ya se habían esfumado. Así que fui a leer a mi cuarto confiando en que, más tarde, se conectarían a su clase de piano. Andaban practicando desde hacía días una pieza de Mozart que se les había atascado. Al menos eso creía yo, hasta que me llegó un mensaje de su profesora en Viena:

*Parece que sus hijos hoy tampoco han podido conectarse a la clase. Le recuerdo que, si no las cancelan con una antelación de cuarenta y ocho horas, contarán en la factura como dadas.*

Por unos segundos me quedé perpleja. Aunque tomaban sus lecciones en la otra ala de la casa, me estaba llegando nítidamente el sonido del piano. Cuando logré reaccionar, fui a buscarlos bajando las escaleras de cuatro en cuatro y, al abrir la puerta, me encontré la sala vacía, el piano cerrado y el equipo de música reproduciendo a todo volumen una clase de otro día. Para matarlos.

—¡María! ¿¡Dónde están los monstruos!? —grité enfurecida.

Después de buscarlos juntas por toda la casa, María cayó en la cuenta:

—Creo que sé dónde pueden estar, señora Sara. Mejor dicho, con quién.

—Pero si aquí no conocen a nadie —respondí descartando esa alternativa.

—A los hijos de John.

María me confesó que, unos días antes, vio a un par de ellos con aspecto de gemelos hablando con Oliver y James desde el otro lado de la reja. Salí de Riverview en carro levantando una polvareda y fui directa a la tienda de los pakistaníes en Cumnor.

—¿Sabe dónde vive el pintor? —pregunté a la señora mientras guardaba comida en una bolsa junto a la caja registradora.

—Permítame que atienda primero a la señora Atkinson —me frenó con su amabilidad afilada.

—Supongo que se refiere a John —dijo detrás de mí su marido, que estaba colocando mercancía nueva en las baldas.

—Así es, el que vino a pintar mi casa hace dos semanas. Si recuerdo bien, tienen cinco hijos.

—Tiene —precisó la señora Atkinson con ternura anciana—, se quedó viudo hace dos años. ¡Oh, cuánto echamos de menos a Claire! La mujer más dulce del mundo. Y qué pena me dan esos chicos, pobrecillos... Supongo que usted es la nueva propietaria de Riverview. No me la imaginaba tan joven. Encantada de conocerla. Que pase una buena tarde.

—Muchas gracias, señora Atkinson —alcancé a decir mientras ella salía de la tienda con pasitos cortos que hacían temblar sus rizos plateados mientras tiraba de un carrito de la compra forrado con tela escocesa.

—Viven cerca del río. Permítame que le indique cómo llegar —dijo el señor acompañándome afuera.

Fui por una carretera estrecha junto a casas de piedra, con macetas de flores en las ventanas y hiedra trepando por la fachada. A medida que avanzaba, las casas iban espaciándose y, poco a poco, desapareciendo entre los árboles. Pronto el asfalto se transformó en una pista de tierra. Tras una curva, se abrió de nuevo el paisaje. Un prado verde bajaba hacia el Támesis sorteando cultivos cercados con estacas. Antes de llegar al río, se divisaba una vieja casa de ladrillo junto a un granero de madera pintada de rojo.

Al llegar a la entrada, vi a un chico de unos catorce años reparando la puerta. Vestía un pantalón vaquero y llevaba un cinturón de carpintero con un hacha colgada junto a la pierna. Su espalda estaba quemada por el sol y su pelo rubio pedía tijera desde hacía semanas. Tenía una rodilla clavada en la tierra y observaba inclinado una bisagra de la puerta, abierta de par en par. No se volvió al oír que me acercaba.

—Buenas tardes, busco a John —dije bajando la ventanilla.

—Soy yo —dijo incorporándose.

—Me refiero a tu padre —maticé tratando de ser amable.

—Está trabajando; regresará para la cena —dijo y volvió a la bisagra.

—En realidad busco a mis hijos. ¿Puede que estén en la casa?

—No lo sé, pregúntele a mi hermana —concluyó la conversación indicándome con un dedo que pasara.

Entré y dejé el carro frente al granero. En el suelo había bicicletas y un niño descalzo de apenas cuatro años jugando con una manguera.

—Hola, cariño, ¿está tu hermana Martha? —dije inclinándome, y él, al girarse, me dibujó una franja de agua a la altura de las rodillas.

—¿Tú cómo te llamas? —me preguntó mirándome a la cara.

—Me llamo Sara, ¿y tú?

—Hola —oí, y, al volverme, vi a Martha en la puerta de la casa con un delantal de cuadros azules y blancos y una cuchara sopera en la mano.

—Hola, tú eres Martha, ¿cierto? Nos vimos en la tienda.

—Jasper, deja eso y entra a ponerte unos zapatos —dijo ella, y luego añadió—: Sí, soy yo. ¿Qué necesita?

—Busco a mis hijos. ¿Están aquí?

—No. Puede que estén con los gemelos —respondió, dando una palmadita en la cabeza a Jasper al pasar junto a ella por la puerta.

—¿Y dónde puedo encontrarlos?

—En el río. Siga hasta el final del camino. Disculpe, tengo la olla en el fuego —dijo entrando de nuevo en la casa.

Regresé por donde había venido y esta vez no me detuve a saludar a John. Avancé por el camino siguiendo la huella de unas ruedas en el barro seco. Al llegar al final, no vi a los gemelos ni a los monstruos, pero oí risas cercanas. Caminé entre los árboles y, al asomarme al Támesis, me encontré el tipo de escena que horrorizaría a cualquier madre: cuatro niños en calzoncillos lanzándose por turnos al río desde una cuerda atada a una rama.

Oliver estaba flotando en medio del río con uno de los gemelos. Y el otro sujetaba la cuerda a la que James estaba agarrado con las manos y las piernas entrelazadas.

—Preparado, listo, ¡ya! —dijo soltando la cuerda, y James descendió hacia el río, sus pies rozaron el agua, luego subió con el balanceo y, al regresar, se dejó caer como un saco de arena. Entre el otro gemelo y Oliver lo ayudaron a subir a la orilla, donde yo los esperaba con las manos en la cintura, tomando aire para echarles el regaño de su vida. Pero, de repente, oí a mi espalda un silbido largo, como de final de partido:

—Fiuuuuuuu.

Me volví, y una figura familiar apareció entre los árboles. Botas de cuero, un pantalón de faena con los bolsillos llenos, la camisa remangada, el pelo desbaratado y barba de varios días. Caminaba abriéndose paso entre las ramas con los brazos, como si el bosque fuera suyo.

—¡Chicos, es hora de ir a cenar! —voceó John entre los árboles sin haber reparado aún en mi presencia.

Los gemelos, dos alambres con pelo rizado de unos diez años, empezaron a vestirse apresurados, mientras que Oliver y James se quedaron inmóviles mirando al suelo.

—Hola, John. Soy Sara —me presenté.

—Hola —dijo abriendo los ojos con sorpresa.

—Viniste a pintar mi casa.

—Lo recuerdo. ¿Tus hijos? —preguntó señalándolos con la barbilla.

—Sí. Parece que esta tarde han decidido hacer una excursión sin mi permiso —dije clavándoles una mirada felina.

—Los gemelos vienen aquí con frecuencia. En verano les gusta bañarse en el río. Les puse esa cuerda —dijo, y yo la observé recelosa.

—Es segura, podría sujetar a una vaca. ¿Y vosotros cómo os llamáis?

—Yo soy Oliver, y él es James. Ahora no puede escucharlo: no lleva el implante —dijo tocándose la oreja con un dedo dos veces.

—¡Yo leo los labios! —se quejó James.

—Papá, ¿pueden Oliver y James quedarse a cenar en casa? —preguntó uno de los gemelos.

—Claro —respondió John.

—No creo que podamos. Hoy es el cumpleaños de mi madre —dijo Oliver mirando al suelo.

—Que venga también, ¡Martha le puede hacer una tarta de manzana! —exclamó el otro gemelo entusiasmado.

John me extendió la invitación apuntándome con la mano abierta, y yo decliné con un «gracias» que los gemelos malinterpretaron.

—¡Yujuuu! —empezaron a gritar dando saltos alrededor de Oliver y James, que aprovecharon para sumarse a la fiesta.

No sabiendo cómo arreglarlo, claudiqué mirando a John:

—De acuerdo —y añadí apuntando a mis hijos con el dedo—: Pero con ustedes hablaré más tarde.

De camino a casa de John, me pregunté para mis adentros: «¿Qué cable se me ha fundido para aceptar la invitación a celebrar mi cumpleaños en la casa de un pintor que recién he conocido, cuando ahora tendría que ir rumbo a Riverview pensando en el tamaño del castigo que voy a poner a los monstruos? Por saltarse la clase de piano, por engañarme como a una tonta, por escaparse de casa y por bañarse en calzoncillos en el río». Pero había algo extrañamente atractivo en ese plan imprevisto. Tal vez, la curiosidad por saber cómo se las arreglaba un joven viudo con cinco hijos o por conocer más sobre esa Claire a la que la señora Atkinson había calificado como la mujer más dulce del mundo. Oliver y James iban detrás en el carro, tratando de aguantar la risa, asombrados de ver a su madre en calma el día de la tormenta perfecta.

La casa tenía todas las ventanas abiertas, por las que entraba y salía el verano ondulando a ratos los visillos como un barco viento en popa. Olía a madera seca y a moqueta vieja, pero estaba sorprendentemente ordenada. En el comedor había un cuadro imponente: un paisaje campestre de una luz que me recordó a Turner. Estaba colgado en una pared cubierta de papel celeste al que se le notaba el paso de los años. En apenas un minuto, Martha logró que sus hermanos añadieran tres platos más a la mesa sobre un mantel con manchas recientes de un tamaño indisimulable. John presidía a un extremo, y yo me aseguré de poner a James en el otro para no ocupar el sitio en el que, probablemente, debió de sentarse Claire.

—Desde aquí podrá escucharos mejor a todos —aclaré.

—¿Os habéis lavado las manos? —preguntó Martha examinando las palmas de Jasper. John hijo asintió con la cabeza, pero los gemelos no se dieron por enterados. John les preguntó:

—¿Habéis oído lo que ha dicho vuestra hermana?

—Nos las hemos lavado en el río —dijo un gemelo, y bastaron tres segundos de la mirada azul de su padre para que los dos apartaran ruidosamente las sillas de la mesa y fueran a buscar un lavabo. Mis hijos los siguieron sin yo tener que decir nada. Un milagro.

Cuando todos estaban de vuelta, John inclinó la cabeza y dijo cerrando los ojos:

—Señor, bendice a nuestra familia y a los alimentos que vamos a comer.

—Amén —contestaron todos al unísono; yo lo repetí un segundo después, y, tras darles una patada por debajo de la mesa, el amén de los monstruos llegó retardado, como el eco en las montañas.

Martha puso la sopera junto a su padre, pero él le indicó que yo me sirviera primero. Luego se la pasé a mis hijos, ellos a los gemelos y John puso tres cazos a Jasper antes de servirse él. Entonces observé que John hijo, al que llamaban Junior, miró cuánta sopa quedaba y apenas manchó el plato antes de pasarle la sopera a Martha. Un latigazo de culpa me recorrió el espinazo.

Todos estábamos ocupados con la sopa cuando una avispa sobrevoló la mesa. El zumbido se acercaba y se alejaba inofensivo hasta que se detuvo —al instante supimos— en el cuello de Jasper. La picadura tuvo el mismo efecto que un bombardeo. Martha se lo llevó en brazos intentando calmar su llanto. Junior fue a buscar barro para aplicarlo en la herida. Los gemelos saltaron de sus sillas como si les hubieran dado una descarga eléctrica y, seguidos por mis hijos, corrieron tras la avispa por toda la casa. John siguió cenando como si nada, y yo cerré un instante los ojos y me fui volando a Llanogrande, hace más de treinta años.

Es verano. No puedo dormir y tengo una carta bajo la almohada. La he leído más de cien veces. Me la sé de memoria. Pero cada noche me gusta leerla de nuevo en la cama a la luz de la lámpara que hay en mi mesilla. A veces también la leo durante el día. La abro con sumo cuidado. Me da miedo que se borre la tinta o que el papel se desgaste. Es una hoja arrancada de un cuaderno. Si fuera de otra persona le habría quitado los flecos hasta dejarlos como una hilera de estacas. Pero nunca lo haría en esta carta. Quiero conservarla entera. Es una hoja a rayas para evitar que se salgan las letras, pero la caligrafía parece inquieta, como si hubiera sido escrita con prisa. Más que una carta, es un grito, un mensaje lanzado al mar en una botella:

*Hola Sara cada vez que te veo quiero darte un beso y decirte que te amo pero no me atrebo.*

No me importan las faltas de ortografía. ¿Quién soy yo para corregir a un muchacho de campo, al hijo de Ana, nuestra cocinera? Bastante que sabe escribir sin haber ido a la escuela. Y lo que sabe se lo ha enseñado mi abuela en las clases que da los sábados por la tarde a unos muchachos. Yo les abro la puerta y les hago pasar al granero. Él siempre llega el primero. Es muy callado. Solo saca las manos de los bolsillos cuando las necesita y luego vuelve a guardarlas, igual que hace mi abuelo cuando termina de engrasar el rifle: lo mete de nuevo en una caja con forro de terciopelo. Alejo observa todo atentamente, sin moverse, con sus ojos grises. Creo que los sábados se arregla para verme. Se pone una camisa blanca que debió de ser de su padre y unos pantalones de pana sin agujeros. Nunca hemos hablado. Solo de decirme hola se le enciende la cara, igual que las brasas al soplarlas con un fuelle. Algunas veces viene a la cocina a ayudar a su madre, y entonces yo me invento visitas a la despensa para verlo.

En realidad, la carta no está firmada, pero yo sé que es de Alejo porque conozco su cuaderno. Un día le conté a mi madre que yo quería ser su novia, y ella se rio y me dijo: «Es muy pronto, cariño, tienes once años. Pero mejor busca a un chico de tu clase».

—Feliz cumpleaños —dijo John mirando su plato cuando nos quedamos solos, trayéndome de vuelta a la mesa.

—Supongo.

Cumnor es tan pequeño que, si te descuidas, los vecinos pueden oír lo que piensas. Todo se sabe. También circulan leyendas. Cuentan que una vez John sacó del *pub* a puñetazos a un turista que tocó el trasero de una camarera. A la mañana siguiente, se presentó en cuanto abrieron y reparó los daños: una silla y los cristales de la puerta. Y Claire envió flores con una disculpa. Pero al desdichado turista los moratones debieron de durarle varias semanas. John lo llevó a puñetazos hasta el otro lado de la carretera.

Como todos los pueblos, Cumnor tiene personajes. Y el *pub* es el lugar adecuado para conocerlos rápido y, si te descuidas, puedes incorporarte tú misma al reparto. Es algo que descubrí el día que entré a refugiarme de una lluvia repentina en The Bear y acabé sentada junto a un hombrecillo de edad y ocupación inciertas, nariz colorada y unas cejas que podrían camuflar animales. Tenía sitio fijo en la barra y una desmedida afición por la bebida.

—Juro invitar a una ronda de cerveza si no tengo ante mí a la señora Sara, la nueva propietaria de Riverview —dijo al camarero con una voz áspera como la lengua de un gato.

—Es correcto, ¿con quién tengo el gusto? —pregunté mientras me secaba con la mano las gotas de lluvia que me resbalaban por la cara.

—Me bautizaron Bartholomew, aunque el último que me llamó así fue quien me anotó en el registro. Mis padres me decían Bart, pero aquí todos me conocen como Barty. Es un placer saludarla —añadió tocándose el ala del sombrero, al que parecía que un camión le hubiera pasado por encima.

—Igualmente, Barty.

—Y dime, Sara, ¿ya sabes quién es quién en este pueblo?

—Conozco a John, el pintor, y también a…

—John es un tipo tranquilo —me interrumpió—, no quiere líos. Pero desde que Claire nos dejó, ya no es el mismo. A veces viene y se sienta en esa mesa junto a la ventana y pide una pinta de cerveza. Dos en casos contados. Quizá tres. ¿Qué importa? Es de mal gusto contarle a un hombre lo que bebe. Cuando viene con su hijo mayor y pide dos pintas, aquí miran para otro lado. Bien hecho. ¿Quién se cree el Gobierno para reglamentar cómo debe un padre educar a sus hijos? Pero, ya sabes, hay gente que dice cosas. Que ya no lleva a sus hijos a la escuela, que los hace trabajar a destajo, que viven asilvestrados… Bueno, los gemelos son caso aparte. Ten cuidado con esos muchachos. Si les llamas la atención, pueden pincharte las cuatro ruedas. Esos niños extrañan terriblemente a su madre. Todos en Cumnor la extrañamos.

—Háblame de ella —le pedí.

—No me gusta hablar de mujeres con la garganta seca —contestó, y yo indiqué al camarero con un guiño que le sirviera otra pinta.

—Oh, Claire. Esa clase de mujer ya no existe. En mis tiempos las había. Pero yo tuve mala suerte. Debí de llegar tarde. Ya estaban todas comprometidas. Y yo, ante todo, soy un caballero. Quiero dejar eso claro.

La lluvia se hizo más intensa y golpeaba a rachas en las ventanas. The Bear estaba casi vacío, y el camarero fue a buscar una silla para sentarse junto a nosotros al otro lado de la barra.

—Ponme una de esas —le pedí yo, y Barty prosiguió:

—John y Claire llegaron a Cumnor recién casados, hace algo más de quince años, en un viejo Sovereign rescatado de un desguace. Solo traían un par de maletas, una juventud desbordante y el sueño de formar una familia. A Claire la habían contratado como maestra en la escuela, y John, un hombre habilidoso, hace toda clase de trabajos. No dudes en llamarlo si se estropea algo en Riverview. Lo mismo arregla una ventana que desatasca un lavabo. A mí me limpió el tiro de la chimenea. Y no se lo digas a nadie, pero no me cobró un penique, me dijo que le bastaba con una cerveza. Es un hombre extraordinario, de una pieza. Se instalaron en la casa junto al río. Supongo que no daba para más su salario. Cuando llegaron se caía a pedazos, pero John hizo un trabajo excelente y Claire le dio un toque femenino. Y resultó que tuvieron cuatro muchachos y solo una niña. Martha es única. Lleva dentro la ternura de su madre, pero por fuera es de acero. Podría enfrentarse a un equipo de *rugby*.

Barty se detuvo para dar un trago largo a su cerveza, y yo me acodé en la barra. Tenía todo menos prisa.

—Recuerdo como si fuera ayer el domingo de septiembre que conocí a John y a Claire en la Iglesia de Saint Michael's. Venían del brazo por el camino desde su casa, sorteando los charcos que dejó la lluvia el día anterior. Esa mañana, el sol se había abierto paso entre las nubes y el campo estaba radiante. Iban con botas de agua, pero arreglados, como Dios manda. John, con una chaqueta gris de *tweed* que juraría que aún conserva. Claire le cosió unas coderas hace años. Quedó como nueva. Y ella, con un suéter blanco de cuello vuelto y una falda *beige*. Los vi llegar desde el campanario mientras tocaba los cuartos, una tarea por la que el padre Martin me recompensaba generosamente, debo admitir. Algunos domingos me invitaba a comer a su casa. Yo le daba conversación mientras él cocinaba con una solemnidad litúrgica. Es del todo imperdonable que nunca me revelara su receta para el pollo. Debía de ser celestial. Le salía exquisito. Por no hablar de sus salchichas con puré de patatas. Verdaderamente excepcionales. Cuando vestía su sotana, parecía la carpa de un circo, y al reírse, le temblaba como anunciando un terremoto. Hace unos años lo destinaron a Birmingham; fue una gran pérdida. Ya no es lo mismo con el padre Taylor. Que Dios me perdone, pero es un hombre muy serio. Cuando predica, parece que lee las contraindicaciones de un medicamento —dijo santiguándose y mirando al cielo, y aprovechó para dar un sorbo largo a su cerveza—. John y Claire habían llegado a Cumnor unos días antes de aquel domingo, pero muy pocos los habían visto. A Claire porque aún no habían comenzado las clases, y a John porque solo salió de casa una vez, creo que a comprar herramientas de trabajo. La joven pareja era un misterio. Al entrar en la Iglesia, cogieron un libro de himnos, se sentaron en el segundo banco y una oleada de cuchicheos se extendió por toda la nave, desde el púlpito hasta la pila de bautismo. El padre Martin les dio la bienvenida y les pidió que se presentaran. Cuando Claire se volvió a saludar al resto de los feligreses, nos cautivó a todos al instante. Ya no me acuerdo de qué dijo, pero sí de su sonrisa, de sus ojos verdes, de su pelo dorado recogido en una cola y de cómo John la miraba. Cuando le tocó a él el turno, dijo saludando con la mano: «Soy John, gracias». Y se sentó rápido, no fuera a ser que alguien le hiciera una pregunta. Desde aquel domingo, que Dios me perdone —dijo dando otro sorbo—, muchos hombres de Cumnor recuperaron la fe. Y también su interés por ir a recoger a sus hijos a la escuela. Pero no los culpo. Los comprendo. Yo siempre he sentido una gran atracción por la belleza. A mí me gustaba observar a Claire cuando sacaba a los niños a pasear por el parque, a contarles historias y a enseñarles canciones para memorizar el nombre de los pájaros y de los árboles. Yo me mantenía a una cierta distancia, pero ella se daba cuenta y me acabó nombrando su ayudante de campo. Un día me preguntó si yo sabía navegar. «Por supuesto», le dije como si hubiera surcado los siete mares. Fui imprudente, debo admitirlo. Alguien que pierde el equilibrio en tierra firme no debería subirse a un barco. ¿No es cierto, George?

—De acuerdo —asintió el camarero.

—Así que alquilamos un bote para llevar a sus chicos de excursión por el río. Nada más salir del embarcadero, al grito de «a toda máquina», aceleré por completo y el balanceo me hizo caer al agua. Claire tuvo que lanzarme un cabo y llevarme hasta la orilla. Un verdadero desastre. Ella no mencionó el acontecimiento en la escuela, pero los chicos lo cuentan todo, ya se sabe, y la pobre se ganó un discurso de la directora.

Barty hizo una pausa para acabarse la cerveza y dijo:

—George, lo que voy a contarle ahora a Sara requiere una cerveza seria. Sírveme una Guinness.

—Yo me apunto a otra.

—Marchando dos Guinness para el caballero y para la señora —canturreó George mientras accionaba el tirador con la destreza de un maquinista de tren.

—Sara, hay alguien en Cumnor con quien debes tener mucho cuidado —comenzó Barty bajando la voz y mirando cautelosamente a ambos lados—. Su aspecto es el de un personaje insignificante. No llamaría la atención ni echándose un plato de acelgas en la cabeza. Pero es un tipo peligroso. Un verdadero diablo. Tiene negocios en Oxford. Parece que le va bien. Ha ido adquiriendo propiedades en la zona. Cuentan que hizo una oferta por Riverview, pero, como tantos otros, no pasó el filtro de la señora Brooks. Es una anciana muy dulce, pero, que nadie se equivoque, sabe muy bien lo que quiere. Para Riverview buscaba a alguien como tú. Una elección perfecta. Nadie en Cumnor tiene objeción alguna. Excepto Clive Barker —dijo pronunciando el nombre lentamente, como para que no se me olvidara—. Un hombre miserable. A nadie le gusta. Entre otras cosas, porque ha desarrollado una forma muy vulgar de protagonismo: llevar siempre la contraria. ¡Es un sabelotodo insoportable! Cuando viene por aquí, la gente se cambia de mesa. ¿No es cierto, George?

—De acuerdo —asintió, y Barty dio otro trago.

—Hace años, Barker contrató a John para la reforma de uno de sus locales en Oxford. Yo sé que John y Claire estaban pasando estrecheces porque John solo había encontrado trabajillos de poca monta durante su primer año en Cumnor. Compraron la casa a plazos, y la falta de ingresos los obligó a recortar los gastos de comida. John adelgazó varios kilos ese año, pero lo arregló añadiendo a su cinturón un par de agujeros. Claire le guardaba cada mañana en los bolsillos de su abrigo una manzana y unas galletas envueltas en papel de plata, pero él las dejaba de nuevo en la despensa cada noche, al llegar a casa. Cuando ella lo descubría, John le decía: «Tú tienes que comer por dos», poniendo ambas manos en su prominente embarazo, el de su primer hijo, el pequeño John. Así que trabajar para Barker se presentó como una gran oportunidad. John se empleó a fondo en aquel local, haciendo horas extras durante varias semanas. Y cuando llegó el momento de pagarle, Barker le dijo que no estaba satisfecho, que se había demorado demasiado, que solo le pagaría la mitad, mil setecientas libras. Con esa cantidad, John apenas podría cubrir el coste de las herramientas que había comprado para la reforma. Recuerdo ese día perfectamente porque yo estaba en su casa cuando llegó a dar la noticia a Claire. Yo la había ayudado a llevar la bolsa de la compra. Pobre mujer, con un embarazo de ocho meses, caminaba como un pato. Oímos llegar a John en el Sovereing, y Claire se quitó el delantal, se estiró el vestido, se compuso el pelo y salió a recibirlo. John venía tan enfadado que se olvidó de apagar el motor. Y yo vi desde la ventana de la cocina cómo Claire lo escuchaba mientras él le contaba cabizbajo la noticia, dando patadas a las piedras. Luego se acercó a él, se puso de puntillas para darle un beso, le tomó las manos, le dijo algo al oído y acabaron fundidos en un abrazo. Dios, ¡cómo se amaban!

Seguía lloviendo. Un señor con gabardina y paraguas entró y se sentó en un sillón junto a la chimenea. George se levantó a atenderlo y, de camino, encendió más luces. Unas luces amarillas con forma de velas que apenas arrancaron brillos cobrizos a los viejos instrumentos de cocina colgados en la pared de piedra. Barty sacó un pañuelo arrugado del bolsillo de su chaqueta y se lo pasó por los ojos. Bebió otro sorbo. Yo hice lo mismo.

—¿De qué murió Claire, Barty? —pregunté.

—Fue un cáncer de páncreas. Ese diablo silencioso se la llevó sin avisar. Ella debió de enterarse unos meses antes, pero no dijo nada. No quiso inquietar a John ni a sus hijos. Disimuló los síntomas, hasta que fue imposible. En las últimas semanas lloraba de dolor, se retorcía en la cama, mordía las sábanas. Quiso morir en casa. Yo fui a visitarla un par de veces. La última, se despidió dándome las gracias cuando me marchaba y, al salir por la puerta de su habitación, me dijo adiós desde la cama, así, levantando la mano del regazo, sonriendo. ¡Dios! Claire se despidió de mí, de un borrachín de pueblo. La mujer más hermosa que he conocido...

Barty volvió a pasarse el pañuelo por los ojos y apartó la cerveza hacia un lado con el revés de la mano.

—Aún recuerdo el día de su entierro. El cortejo fúnebre partió desde la casa. Un vehículo largo llevaba a Claire en el féretro de madera. John iba detrás, caminando con sus hijos, todos de negro, con prendas prestadas por gentes de Cumnor. Martha llevaba en sus brazos a Jasper. Fueron a Saint Michael's a pie, por el camino, esquivando los charcos, como aquel primer domingo. Algunas familias los seguían respetuosas a unos metros. Fue a finales de abril. Había nubes altas y, a ratos, se asomaba un trozo de cielo. Los gemelos iban recogiendo flores del campo. John caminaba serio, con la mirada perdida, roto por dentro, con la mano apoyada en el hombro de su hijo John. Todo Cumnor esperaba en la puerta de la Iglesia, hablando en voz baja. Cuando vieron aparecer el cortejo fúnebre por High Street, se hizo un silencio seco. Solo se oía el ruido de pasos, pasos fríos en la piedra y luego pasos crujiendo en la madera bajo los bancos. Tres hombres prestaron su hombro a John para llevar el ataúd por el pasillo central y dejarlo sobre una tarima de terciopelo rojo frente al presbiterio. Sus hijos iban detrás y se sentaron en el segundo banco, donde acostumbraban. El organista tocó música de réquiem. El padre Taylor celebró el funeral con su rostro severo y ornamentos morados. Parecía que durante toda su vida se hubiera preparado para ese momento. Todavía resuenan en mis oídos las palabras de la sagrada escritura que leyó: «No se turbe vuestro corazón. También vosotros ahora tenéis tristeza; pero os volveré a ver, y se gozará vuestro corazón, y nadie os quitará vuestro gozo». Al salir, los hombres de la funeraria ya habían cavado un rectángulo en la hierba, a un costado de la iglesia, entre lápidas de piedra. Yo subí al campanario para ver todo desde arriba, como Dios. Cuatro hombres bajaron el féretro con cuerdas. A un lado estaba John, firme como una roca, sin derramar una lágrima, con sus hijos abrazados unos a otros bajo sus brazos. Cuando empezaron a poner tierra encima del féretro, indicó a los gemelos que echaran las flores que habían recogido por el camino. Pronto quedaron sepultadas por las paladas de tierra. Y la tierra, salpicada por el agua bendita que el padre Taylor echaba entre oraciones en latín que nadie entendía. Al terminar, volvieron a poner encima la hierba del cementerio que habían cortado y enrollado como una alfombra. Con las manos, sellaron los bordes, con mucho cuidado, separando definitivamente a Claire de John y de sus hijos. De todos nosotros. John se santiguó y se dirigió de nuevo a la puerta de la iglesia. Los vecinos esperaban para darle sus condolencias. Algunos estrechaban su mano, otros lo abrazaban. Y a sus hijos les daban un beso o les tocaban delicadamente la cabeza. Cuando pasaron todos y llegó el momento de marcharse, de repente, John levantó la vista como buscando a alguien entre esos grupos de personas que se quedan conversando a la salida de la iglesia. «¿A quién buscas, papá?», le preguntó Martha. Y John rompió a llorar y le dijo, entre un torrente de lágrimas: «Hija, estaba buscando a tu madre». Fue ahí, en ese momento, cuando comprendí que Claire estaba muerta, que no volveríamos a verla. Entonces toqué las campanadas más tristes que jamás se han oído en Cumnor.

Abracé a Barty por un rato y pagué la cuenta. Cuando salí de The Bear, apenas caían unas gotas. El sol estaba a punto de abrirse paso entre las nubes. Al llegar a High Street, vi el campanario de Saint Michael's y sentí el deseo de entrar en la iglesia, pero estaba tan cerrada que parecía que nunca hubiera estado abierta. Caminé por la hierba buscando la lápida de Claire. Decía:

*Estarás siempre en nuestro corazón.*

*Tu marido, John. Y tus hijos: John, Martha, Jim, Tim y Jasper.*

Regresé a Riverview y entré por la puerta de servicio. Al pasar por la cocina, María me dijo:

—Buenas tardes, señora Sara. Los chicos están en su clase de piano. Esta vez los he visto con mis propios ojos. ¿Necesita algo?

—Necesito entender por qué su Dios maltrata a los pocos que lo aman.

¿Por qué lo hice, Andre? Aún no lo sé. Al principio intenté evitarlo armándome de razones. Pero luego me pasó igual que cuando avanzas por un camino sorteando los charcos, tratando de no ensuciarte los zapatos. Hasta que te distraes un segundo, apoyas el pie en una piedra inestable y, ¡chas!, el barro te salpica hasta las rodillas. Entonces ya todo te da igual. Te relajas. Te acuerdas de que existe un invento que se llama lavadora. Te repites a ti misma que la ropa está a tu servicio y no tú al servicio de la ropa. Y entonces es cuando empiezas a disfrutar del paseo. Dejas de mirar al suelo y te entretienes contemplando el paisaje. Ves otras cosas. Incluso te sientas en la hierba sin importarte que esté mojada.

—Mami, ¿podemos invitar a los gemelos a casa? —preguntó Oliver en el desayuno.

—Ni hablar.

—¿Pero por qué?

—Porque como les deje solos con esos chicos, son capaces de quemar Riverview.

—Ay, señora Sara, no les dé ideas, que a mí el fuego me da mucho miedo —terció María.

—No es justo —insistió Oliver—, ellos son pobres y nos invitaron a celebrar tu cumpleaños en su casa.

—Y Martha te hizo una tarta de manzana —añadió James con una sonrisa pícara.

Me quedé pensando unos segundos. Finalmente, les dije:

—Olvídenlo.

—¿¡Pero por qué!? —se quejaron ambos, como implorando piedad desde el patíbulo.

—Porque no es una buena idea.

—¡Porfa, mami! —rogaron ahora con cara de perrillo.

—Chicos, demos por cerrado este asunto.

Pero fui yo quien lo reabrió más tarde. Bajé a la cocina y encontré a María guardando platos en un armario:

—María, ¿a usted qué le parece que invitemos a casa a John y a sus hijos?

—Yo no veo inconveniente, señora Sara. Si algo tiene esta casa es espacio. Yo creo que fue diseñada para traer amigos.

Miré por la ventana y vi que unos pájaros se estaban comiendo las migajas del desayuno que habían caído al suelo junto a la mesa de nogal. De repente, me acordé del sermón que nos echaban las monjas del colegio cuando dejábamos comida en el plato.

—De acuerdo. Decidido. Esta noche seremos nueve para cenar. Voy a preparar una invitación para John y sus hijos —concluí resuelta a ejecutar mi plan.

*John:*

*En agradecimiento por tu amable invitación para celebrar mi cumpleaños con mis hijos en tu casa, te invito a ti y a tu familia a cenar esta noche con nosotros en Riverview. Me complace informarte de que serán nuestros primeros huéspedes: llegamos hace apenas unas semanas. Cenaremos a las seis en el jardín. Han anunciado un tiempo espléndido. No es necesario que traigan nada.*

*Atentamente,*

*Sara*

Escribí la nota en uno de los tarjetones timbrados con el sello de Riverview que la señora Brooks dejó en la casa. Lo metí en un sobre y convoqué a Oliver y a James a mi habitación.

—Chicos, he considerado su petición de esta mañana y tengo una buena noticia: vamos a invitar a cenar esta noche a John y a sus hijos.

—¡Yujuuu! —comenzaron a gritar, corriendo como locos de un lado para otro, y acabaron dando saltos en mi cama.

—Naturalmente, tienen que prometerme que se comportarán como si fueran dos angelitos a los que han cortado las alas.

—¡Sí, señora! —dijeron al unísono, y se acercaron a hacerme reverencias mientras me besaban ambas manos.

—Déjense de teatro. Les tengo una misión. ¿Ven este sobre? Es una invitación para John y sus hijos. Vayan a entregársela y vuelvan inmediatamente a contarme.

Antes de que hubiera terminado la frase, Oliver ya me había quitado el sobre de la mano y bajaba con James en estampida por la escalera, haciéndola crujir como un barco viejo en medio del oleaje. Los vi salir de la casa desde mi dormitorio. Me asomé a una ventana para advertirles que cruzaran la carretera con cuidado, pero no hicieron el menor gesto de haberme oído. Wilson les abrió la reja y salieron corriendo por el camino como potros salvajes.

Regresaron dos horas más tarde, sudorosos y descamisados.

—¿Por qué han tardado tanto? ¿Qué ha dicho John? —les pregunté enfadada.

—Nada —dijo Oliver mientras bebía ansiosamente el jugo de naranja que María les había preparado.

—¿Cómo que «nada»?

—Cuando llegamos estaba pintando en el jardín… —trató de explicar, y lo interrumpí extrañada:

—¿Pintando qué?

—Un cuadro.

—¿Un cuadro?

—Un cuadro.

—Qué raro. Bueno, entonces, ¿qué pasó?

—Le dimos el sobre, lo abrió con un pincel, leyó lo que le escribiste y nos dijo que los gemelos estaban en el granero.

—¿Y no comentó nada más? —insistí.

—Vino más tarde y nos dijo: «Es hora de que volváis a casa. No hagáis esperar a vuestra madre».

—¿Eso dijo? —pregunté atónita.

—También dijo «Hasta luego» —añadió James.

—Pues yo no lo oí —dijo Oliver.

—Lo dijo en voz baja, pero le leí los labios.

Me pasé varias horas malhumorada, gruñendo entre dientes. ¿No podría John haber sido más claro? ¿Es acaso mucho pedir una simple respuesta, aunque solo fuera un «no, gracias»? Estuve a punto de cancelar la cena e incluso pensé unas palabras para, en caso de que aparecieran, enviarlos a su casa por donde habían venido. Pero al bajar a la cocina, me encontré a Oliver y a James ayudando a poner la mesa y a María inusualmente ajetreada.

—¿Qué está preparando, María?

—De aperitivo, una tabla de paté, otra de quesos, aceitunas aliñadas y unos hojaldres de setas. Vino español para los mayores y refrescos para los chicos. De primer plato, una sopa de marisco. De segundo, codornices rellenas de trufa negra. Y de postre, helados de chocolate, vainilla y arándanos.

—Guau, ¿estamos de fiesta?

—Sí, señora Sara. ¡La primera fiesta de Riverview! —dijo con una jovialidad contagiosa.

—No se diga más. ¡Saquemos la vajilla de gala!

Me puse a las órdenes de María y la ayudé en la cocina por un par de horas. Luego me retiré a arreglarme. Extendí varios conjuntos en la cama. Descarté el de blusa roja con *jeans* por demasiado llamativo. Me probé un vestido estampado con figuras étnicas, pero al mirarme al espejo me pareció una apuesta arriesgada. De repente, descubrí unas bailarinas plateadas que aún no había estrenado y traté de combinarlas con diversas faldas, pero nada. El tiempo se me echaba encima. A la desesperada, busqué *#countrychic* en Instagram. Deslicé con el dedo cincuenta opciones. Demasiado sofisticadas. Saqué más vestidos y los desplegué en la cama. Les puse encima cinturones de piel, collares y juegos de pulseras. Traje tres pares de sandalias. Miré la hora. Tragedia: faltaban quince minutos para las seis, y mi cama parecía unos grandes almacenes en el primer día de rebajas. Cerré los ojos, respiré profundo tres veces y entonces lo vi claro: «Un pantalón blanco y una blusa de seda negra le irán perfecto a las bailarinas plateadas».

Después de darme los últimos retoques, me asomé a una ventana del segundo piso para ver cómo había quedado todo. La brisa mecía la cresta de los árboles y los faldones del mantel color mostaza que habíamos elegido para la mesa. La vajilla con el sello de Riverview resplandecía con la luz de la tarde. Los chicos andaban jugando al balón en la hierba recién cortada. Con el ojo atómico que tenemos las madres, vi manchas verdes en las rodillas de Oliver y lo mandé a cambiarse de pantalones. Bajé al jardín. Entré a la cocina y salí de nuevo varias veces. Volví a mirar la hora: las seis y doce.

—Chicos, recuerden lo que les he dicho.

—Síií, mamááá —contestó Oliver arrastrando cansinamente las palabras—: sentarnos con la espalda recta y no empezar a comer hasta que se hayan servido todos.

Los minutos seguían pasando. Me puse a revisar que no hubiera huellas dactilares en las copas. No encontré ninguna. Me asomé a la reja para ver si aparecían por el camino. Ni rastro.

—Mami, ¿no van a venir? —preguntó James preocupado.

—Hijo, ¿estás seguro de que John dijo «hasta luego»?

James asintió dos veces con la cabeza. Volví a entrar en la cocina e indiqué a María que se pusiera el uniforme de doncella para servir la mesa. Las seis y veintitrés. De repente, decidí quitar mis cubiertos de la cabecera y dejé cinco a un lado y cuatro al otro. Subí al segundo piso para ver cómo quedaba. No me gustó la asimetría y, cuando bajé a cambiar los cubiertos de nuevo, vi que un mirlo negro se había posado en el respaldo de una de las sillas. Di instrucciones de espantarlo a los chicos y empezaron a correr alrededor de la mesa agitando los brazos. Las seis y media.

A las seis y treinta y seis me harté de esperar.

—Listo, María. Quitemos seis cubiertos de la mesa —ordené, y vi cómo a María se le humedecían los ojos.

—Señora Sara, yo aún tengo la esperanza de que vengan.

—Yo no... —empecé a decir, y, al instante, me interrumpió el rugido de una camioneta tras la reja de la entrada. Dark y Grace ladraron en son de bienvenida. Al acercarme, vi a John al volante y caras radiantes de emoción asomándose por las ventanillas. Me acerqué a abrirles y les indiqué dónde parquear. Los hijos de John saltaron de la camioneta igual que un comando de operaciones especiales. Los gemelos corrieron hacia el tractor cortacésped que Wilson suele dejar junto al invernadero donde guarda sus herramientas de trabajo. Antes de que llegaran a tocarlo, John dijo: «Chicos» y se frenaron como por el tirón de un cable invisible. Le dieron una vuelta al tractor a una distancia prudente y volvieron junto a su padre, mirando la casa de arriba abajo. Parecía que estuvieran estudiando por dónde treparla.

Venían con ropa de domingo. Limpia y conjuntada. Martha estaba especialmente hermosa, con un vestido amarillo de manga francesa que debió de ser de su madre. John se había puesto un pantalón color caqui y una camisa blanca, que llevaba remangada por encima de los codos. Se le notaban pliegues simétricos en el pecho y en la espalda. Parecía llevar meses doblada en un armario.

Tenía la piel quemada y se había pasado un peine por el pelo. Los chicos iban con pantalones *beige* y también con camisas blancas.

—¡Bienvenidos a Riverview! —exclamé, y mi enfado se disipó como por un golpe de viento.

—Disculpad nuestro retraso —dijo John mirando al suelo con las manos en los bolsillos.

—La culpa ha sido de Martha, que nos ha obligado a cambiarnos de ropa en el último momento —dijo Junior moviendo los hombros como si llevara una camisa de fuerza. Los gemelos imitaron su movimiento y empezaron a reírse con una risa nerviosa que contagió a Oliver y a James.

—Es lo que mamá hubiera hecho, ¡idiotas! —dijo Martha sin apenas mover los labios, y, al instante, sus mejillas se encendieron. John se inclinó para decirle algo al oído y le dio un beso en la frente que pareció calmarla.

—El aperitivo está listo —anunció María dejando una bandeja repleta de delicias en el extremo de la mesa.

—¡Adelante, chicos! —dije, y un segundo después, estaban todos revoloteando alrededor de la bandeja. Yo me quedé frente a John y sentí que me esquivaba la mirada. Ahí fue cuando me di cuenta de lo alto que era, como de uno noventa.

Al llegar el momento de sentarse a cenar, John se puso lo más lejos de mí que pudo, al otro lado de la mesa. A su lado se sentó Junior, luego Jasper y, frente a mí, Martha. A mi izquierda estaban los monstruos y los gemelos, una combinación peligrosa. Todo iba sobre ruedas hasta que Jasper tiró su copa al intentar agarrarla. El agua se extendió por el mantel como un lago desbordándose en cámara lenta. María le cambió presurosa la copa por un vaso, y Jasper le preguntó:

—¿Tú cómo te llamas?

—Me llamo María —respondió en voz baja para no interferir en la conversación.

—¿Y tú no cenas? —preguntó.

—Ceno después, cariño, cuando ustedes terminen.

—Yo me moriría de hambre viendo una comida tan rica sin poder comerla —comentó uno de los gemelos.

—María siempre come con nosotros y nos cuenta historias —añadió James.

—Mami, ¿por qué no le dices a María que se siente a la mesa? —sugirió Oliver, y ella se marchó a paso ligero hacia la cocina.

La pregunta generó una expectación insólita. Todos se giraron para ver mi respuesta. Me acodé en la mesa, cerré los ojos y me tamborileé la frente con los dedos mientras valoraba opciones.

—¡María! —dije en voz alta mientras ella abría la puerta de la cocina. Se volvió y preguntó:

—¿Sí, señora?

—Traiga unos cubiertos y póngalos en la cabecera de la mesa.

—Sí, señora —contestó abrumada.

—Y quítese el uniforme de doncella. Usted es parte de esta familia.

—¡Bieeen! —gritaron los monstruos, y los gemelos se unieron como una caja de resonancia.

La incorporación de María a la mesa fue celebrada con un aplauso que le trajo al rostro el color rojo en toda su gama.

—Ay, señora Sara, que hay mucho trabajo en la cocina —dijo apurada.

—No se preocupe, María, que hoy nos ayuda toda esta muchachada.

—María sabe juegos —anunció James orgulloso.

—¡Ah!, ¿por qué no jugamos a las historias encadenadas? —propuso Oliver.

María me miró buscando una señal. Yo miré a John y, para mi sorpresa, lo vi relajado, con algo parecido a una sonrisa asomándole a los ojos. Me volví a María y asentí con la cabeza.

—Bueno, este juego consiste en construir una historia entre todos. Uno la empieza con una escena y el siguiente tiene que continuarla desde donde el anterior la deje. Pero solo puede añadir una frase. ¿Quieres empezar tú, Oliver? Y luego seguimos por tu derecha.

—El niño se despertó y, al abrir las cortinas de su habitación, vio una ardilla en la ventana. Ahora sigue James.

—Entonces alargó la mano y la ardilla se subió por su brazo hasta el hombro. Te toca, mami.

—La ardilla le dijo: «Tengo que contarte un secreto, pero no se lo puedes decir a nadie». Adelante, María.

—La ardilla le dijo: «Hay un tesoro escondido debajo de un árbol. Si me sigues te lo muestro». Martha.

—El niño salió a la calle con la ardilla en el hombro y, al llegar a la esquina, se encontró a un cazador que le dijo: «¿Qué haces con mi ardilla?». Jasper.

—Yo no tengo ninguna ardilla —dijo desconcertado, y a todos nos salió una carcajada. Junior retomó la historia:

—Al ver al cazador, la ardilla se asustó y se subió a un caballo que salió galopando. ¿Papá?

—Galopaba muy rápido. Jim.

—El niño le robó la escopeta al cazador y lo mató de un disparo en la cabeza.

—¡Nooo! —exclamamos todos con pena mientras Jim se regocijaba.

—Ahora le toca a Tim —anunció con intriga.

—Y con el otro cartucho que le quedaba en la escopeta, disparó al caballo en una pata. Oliver.

—El caballo cayó al suelo, y la ardilla dio un salto y se agarró a una rama. James.

—El niño fue corriendo hasta el árbol, y la ardilla se le volvió a subir al hombro. Mami.

—La ardilla le dijo al niño que el caballo no estaba herido, que solo se había asustado del disparo. María.

—El niño se subió al caballo, la ardilla se agarró a las crines y los guio hasta el árbol donde estaba escondido el tesoro. Martha.

—El niño escarbó con las manos donde le indicó la ardilla hasta que encontró un cofre. ¿Qué había en el cofre, Jasper?

—No lo sé —respondió él encogiéndose de hombros.

—No pudo saberlo porque estaba cerrado —continuó Junior.

—Cerrado con llave —añadió John, y le pasó el relato a Jim con la mirada.

—Pero al niño se le ocurrió una idea: subirse al árbol y tirar el cofre contra una piedra. Tim.

—El cofre se rompió y, al abrirlo, vio que dentro había una carta. Oliver.

—La carta decía: «¡Hoy tenemos helado de postre!».

—Colorín, colorado, ¡este cuento se ha acabado! —rematό James, y los cuatro mosqueteros salieron corriendo hacia la cocina.

Tras liquidar los helados, los chicos ayudaron a María a recoger la mesa y sucedió lo que me temía: perdimos de vista a Jim, a Tim, a Oliver y a James. Junior se ofreció a buscarlos, y Martha fue con Jasper a jugar con Dark y Grace. John y yo nos quedamos solos en la mesa, sentados en diagonal.

—John, me han contado lo de Claire. Lo siento muchísimo. Debió de ser terrible perder a una mujer y a una madre tan extraordinaria —dije cautelosa, como atravesando un puente colgante al que le faltan tablas.

—Lo fue —respondió unos segundos después con la vista perdida entre los árboles. Luego giró hacia mí un instante la cabeza y añadió sin apenas mover los labios—: Gracias.

Ráfagas de viento acercaban a ratos el sonido de un tractor vecino, mezclándolo con ladridos distantes y la sinfonía que los pájaros interpretaban desde las ramas. La luz del atardecer caía con una levedad que invitaba a la confidencia.

—Yo también perdí al padre de mis hijos, pero de una manera distinta. Cuando descubrí que me estaba siendo infiel, se fue de repente, sin darme explicaciones. Yo tuve mi parte de culpa. Durante años, vivimos como extraños. Yo estaba muy ocupada con mi trabajo y con mis viajes. Pactamos respetar nuestro espacio, proteger nuestra independencia. Hasta que se nos fue de las manos. En realidad, nunca nos casamos legalmente. Solo tuvimos una ceremonia exótica en Bali. Es extraño, cuando Bryan se fue, me dolió por nuestros hijos y me sentí humillada, pero no sentí que se rompiera nada entre nosotros. Quizá algunos hilos. Bastó con un tirón final para romper la cuerda. Ahora vivimos a un océano de distancia. Mis hijos lo echan de menos. Necesitan a un padre que cada día los abrace. Pero creo que ya se han acostumbrado a verlo solo por videollamada.

John me escuchaba en silencio, pensativo.

—Discúlpame. No sé por qué te estoy contando todo esto. Tal vez hace demasiado tiempo que no hablo de lo que siento con nadie. Ni con una amiga. Es difícil tener amigos cuando ocupas un alto cargo. Sin darte cuenta, te entrenas para mantener la distancia, para proteger tu independencia. Hay mucha gente que se te acerca con buenas palabras. Gente que trata de influirte. Y entonces reaccionas blindando tu vida privada. Amurallando tu casa. No invitas a nadie. Y andas tan ocupada que ni siquiera encuentras tiempo para tus amigas de la infancia.

—¿Te queda alguna? —interrumpió mi relato, y me sonó como si se le hubiera escapado un pensamiento en voz alta. Como si él se hiciera la misma pregunta.

—Espero que me quede Andrea, mi amiga del alma. La perdí de vista hace años. Yo andaba muy ocupada. Tenía otras prioridades. A veces pienso en contactarla de nuevo. Pero me da vergüenza. No estoy lista. O quizá no sé cómo hacerlo. Ni cuándo. Tal vez sería más fácil si hubiera tocado fondo. Pero aún no estoy tan desesperada.

Me detuve un momento a pensar mis propias palabras. «¿Por qué estoy contándole a John todo esto? No lo sé, pero hay algo en él que me invita a hacerlo. Siento que me escucha. Que recibe mis palabras y las guarda dentro, como buscando espacio a libros nuevos en las estanterías de una biblioteca».

—Si lo estuviera, Andrea sería la primera de la lista. Quizá la única. Está hecha de una madera especial. Es el tipo de tabla a la que podrías agarrarte si no te quedara nada.

—Parece que aún te queda algo —dijo mirando alrededor.

—Y, además de tus hijos, ¿a ti quién te queda, John?

La pregunta quedó suspendida entre nosotros como una bola de polen. Me acordé del entrenamiento en silencios largos que me dio el señor Colton. Descrucé las piernas y volví a cruzarlas del otro lado. John no dijo nada por unos segundos, pero sentí que se agitaba por dentro. Vi su pecho expandirse al respirar.

La puerta de la cocina se abrió y apareció Junior acompañado por los gemelos y los monstruos. Venían hablando en susurros. Presagio de malas noticias.

—No han roto nada —nos tranquilizó Junior.

—Papi, el Banksy te quedó perfecto —dijo Jim.

—Muy buen trabajo, sí, señor —añadió Tim.

—Mami, ¿pueden quedarse a dormir esta noche? —preguntó Oliver.

—Tenemos sitio de sobra. Si su padre les deja, están invitados —dije señalando a John con la mano abierta.

Él se frotó la barbilla, luego miró a los chicos, uno a uno, y acabó bendiciendo la propuesta con un:

—Panda de granujas.

Aquella noche tenía cuatro motivos para estar inquieta, como un capitán de barco al que han lanzado una bomba de mecha corta en la sala de máquinas. Sin embargo, dormí de un tirón, sin despertarme. Conversar con John me distrajo, llevó por un rato mi atención a otra parte. Sentí un deseo extraño de contarle mis cosas y, a la vez, de ayudarle a expresar lo que llevaba dentro. Me quedé con ganas de saber cómo llevaba la muerte de Claire, cómo hacía para avanzar a través de la niebla.

Al despertarme fui a hacer inspección de daños. La casa estaba tranquila. Solo se oían mis pasos. Sorprendentemente, todo estaba en orden, y los chicos, durmiendo en una habitación del ala de invitados. Me asomé de puntillas, sigilosa, y no encontré nada roto ni almohadas desplumadas. Solo cuatro niños durmiendo a pierna suelta entre sábanas revueltas y la luz de la mañana asomándose tras las cortinas.

Desayuné sola en la cocina y me fui a Londres, donde tenía una reunión con mi abogado, tras dejar a María instrucciones en una nota:

*María:*

*Olvidé decirle que hoy tengo que ir a Londres. Volveré sobre las cinco. Espero que los chicos se porten correctamente y que no le den ningún sobresalto. Meta los pijamas que han usado los gemelos en una bolsa y asegúrese de que se los llevan como un regalo.*

*Sara*

Fui en mi carro escuchando la sinfonía número tres de Beethoven con las ventanas abiertas. Pensé que la *Heroica* me ayudaría a acercarme a la civilización después de varias semanas viviendo en el campo. Al pasar junto a Oxford, vi el sol de la mañana destellando en sus cúpulas y sus edificios de piedra asomándose entre los árboles. Prados verdes me acompañaban a izquierda y derecha por carreteras comarcales. Subí de nuevo las ventanas al llegar a la autopista y volví a bajarlas al entrar en la ciudad. De repente, me pareció ruidosa, perturbadora. Vehículos grandes y pequeños que van y vienen con sus mecanismos vibrando por dentro y sus neumáticos desgarrándose en cada vuelta sobre el asfalto. Bocas de metro rugiendo trenes cada vez que se abren sus puertas metálicas. Voces entrecortadas saliendo de los establecimientos. Y la gente caminando acelerada para no llegar tarde. Al pasar junto al Walkie-Talkie, busqué instintivamente la ventana de mi despacho hasta que caí en la cuenta de que ya no era ni mi ventana ni mi despacho, solo una oficina de una empresa en la que trabajé y de la que me marché volando, literalmente, en aquel trasnochado vuelo desde Shanghái, tras ser acosada por mi jefe.

El señor White me atendió en la oficina de su firma de abogados, White & Partners, ubicada en The Shard, el edificio más alto de Londres, en el lado sur del Támesis. Me recibió con un traje de raya diplomática impecablemente cortado y la compostura de un lord. Desde nuestra primera reunión, me pareció un señor experimentado, pero aún enérgico y algo más riguroso que amable. Le calculé unos sesenta y dos años. Su secretaria me hizo pasar a una sala de juntas con vistas al Walkie-Talkie. Preferí sentarme de espaldas a la ventana para no ver mi antiguo lugar de trabajo mientras le contaba las desagradables intimidades de mi relación con Marcus.

—Buenos días, Sara. Espero que estés disfrutando de tu nueva etapa en Oxfordshire —dijo al acceder a la sala por unas puertas correderas que conectaban con su despacho. Sin más dilaciones, entró en materia—: Te he convocado hoy para confirmarte que ofreceremos al abogado de Marcus un acuerdo de conciliación por el cual deberán indemnizarte con un millón de libras. Si tratan de negociarlo, nos mantendremos en un mínimo de seiscientas mil. Si no lo aceptan, procederemos con la denuncia contra él y contra la empresa por dos millones de libras. ¿Estás de acuerdo?

—De acuerdo —afirmé sin pensarlo. Quería pasar rápido esa página. Preferí que él se encargara de tasar mi integridad.

—Bien, ahora es preciso que revisemos todas las pruebas —dijo abriendo una carpeta en la que tenía impreso mi caso.

Tras nuestra primera reunión, le reenvié todos los *e-mails* y audios que intercambié con Marcus. También le describí minuciosamente las escenas que sucedieron en mi despacho y en el Hotel Marriott de Shanghái. El señor White había subrayado con un fluorescente de color naranja las palabras clave. Repasamos todo de modo exhaustivo. Lo reviví otra vez. Quedé agotada. Salí del edificio como un pajarillo con las alas mojadas y me senté a descansar en un banco junto al río. Saqué instintivamente el celular del bolso y me puse a revisar notificaciones.

—Disculpe que me entrometa en sus pensamientos. Usted es demasiado hermosa para estar triste.

Levanté la cabeza y, al ver a un *homeless* con un palmo de barba blanca que empujaba un carrito de la compra atestado de bolsas y baratijas, me salió una sonrisa. Entonces él me guiñó un ojo diciendo:

—Clic. Le acabo de hacer una foto. —Y tocándose la frente con un dedo, añadió—: Ya está en mi memoria.

Le di un billete de cinco libras, y él dijo mientras reanudaba la marcha:

—Gracias. Nunca podré olvidarla.

Sorprendida por cómo un viejo chiflado me había cambiado el humor en un minuto, caminé junto al río hasta llegar a Swan, el restaurante en el que había quedado a almorzar con Helen para ponernos al día.

—Marcus está como ausente. Se pasa mucho tiempo encerrado en tu despacho. En su despacho, quiero decir. Da la impresión de que cree que nadie sabe lo que pasó contigo. Yo misma me he programado tanto para no decir una sola palabra al equipo que él nunca sospecharía que me lo has contado. De hecho, se ha extendido una versión de que te retiraste por un tema de salud, y yo no he hecho nada por desmentirla. A mí me trata bien; por el momento, no ha traspasado ninguna raya. A veces me cuesta creer que haya un depredador detrás de esa fachada encantadora. Pero puedes estar tranquila, no hay nada entre nosotros. Tengo demasiado trabajo como para embarcarme ahora en una relación. ¿Y a ti cómo te va, Sara?

—Ahora tengo más tiempo. Vivo en el campo. Voy a otro ritmo. Allí hay más vacas que carros. Al principio, pasé unas semanas organizando la casa. Todo un trabajo. Es de una escala a la que no estaba acostumbrada. No sé qué sería de mí sin la ayuda de María. Ahora leo. Escucho música. Salgo a correr por el campo. Estoy empezando a conocer a las gentes de Cumnor, la localidad en la que vivimos. Es una vida apacible. Aunque Oliver y James no me dan tregua. En vacaciones tienen demasiado tiempo libre. Siempre andan tramando algo. Están empezando a hacerse nuevos amigos. Me pregunto cómo será mi día a día cuando empiecen de nuevo el colegio. Aún no sé cómo voy a llenar mi agenda. Tengo que encontrar la manera de sacaros de la empresa, de apartaros de Marcus.

Unos días después, encontré en mi escritorio una carta inusual. Venía a mi nombre, pero sin sello. No parecía haber sido traída por el cartero, sino dejada por otra persona en el buzón de la reja de Riverview. Decía así:

*Vecinos de Cumnor:*

*Es completamente intolerable lo que ha sucedido en una de mis propiedades. Ayer me encontré las puertas de paso de ganado abiertas y a las vacas desperdigadas. Para colmo, una se ha caído en una acequia y se ha ahogado. Una vaca valorada en mil seiscientas libras. Ha sido necesario sacarla con la ayuda de un tractor. Un tractor que, por cierto, ha sido utilizado por unos sinvergüenzas para recorrer mi finca aprovechando que el guarda estaba fuera. Tengo mis sospechas de quiénes han sido. Espero que sus padres tengan la decencia de dar la cara en la próxima asamblea de vecinos.*

*Clive Barker*

Inmediatamente, convoqué a los monstruos y a María a la biblioteca. Cuando llegaron todos, cerré la puerta, como en un consejo de guerra, y pedí a Oliver que leyera la carta en voz alta.

—¿Tienen algo que ver en esto? —pregunté seria, y respondieron mirando al suelo, delatándose con su silencio—. De aquí no salimos hasta que no sepa toda la verdad —les advertí, pero siguieron callados. Oliver empezó a jugar distraídamente con un pequeño reloj de arena que había cogido de una mesita junto a mi sillón de lectura—. ¡Deje eso en su sitio! —grité, y se tomó su tiempo en hacerlo, poniendo a prueba mis nervios.

—Chicos —dijo María con una firmeza inusual.

—Nos llevaron los gemelos. Pero nosotros no hicimos nada malo —confesó Oliver.

—¡Dios! Me lo temía.

—Nosotros solo abríamos las puertas, pero el tractor lo manejaban ellos —alegó James en su descargo.

Finalmente, logré reconstruir los hechos. El día en que me fui temprano a Londres, María preparó el desayuno a los chicos y entregó a los gemelos los pijamas en una bolsa. Oliver y James los acompañaron a su casa y prometieron volver para el almuerzo. No lo hicieron, y María se preocupó. Pero no quiso alertarme y envió a Wilson a buscarlos. Los encontró regresando a casa de John caminando a través de los prados. Venían —dijeron escuetamente— de dar un paseo. Martha les dio de comer algo y

Wilson los trajo a Riverview en su carro minutos antes de que yo llegara de Londres. Se salvaron por los pelos.

Los castigué por inercia sin sus *tablets* durante una semana, y, para mi sorpresa, lo aceptaron sin rechistar. Al marcharse de la biblioteca, se miraron entre ellos con una complicidad inquietante, y me quedé con la sensación de que había elegido mal el castigo, pero ya era demasiado tarde para cambiarlo.

La asamblea de vecinos de Cumnor solía celebrarse el primer sábado del mes en un aula de la antigua escuela, un edificio de piedra de la era victoriana ubicado junto a la iglesia de Saint Michael's. Desde hacía años, la presidía la señora Atkinson, conocida por sus dotes organizativas y por ser conciliadora, una capacidad que rara vez le hacía falta emplear con tan pacíficos vecinos. En esta ocasión, tras la carta enviada por Clive Barker, el encuentro suscitó toda clase de conjeturas y no faltó nadie. Tampoco John, que no había participado en ninguna asamblea desde que murió Claire. Para mí fue la primera. Al entrar, vi que era un aula antigua con viejas lámparas fluorescentes colgando del techo, una tarima de madera junto a la pizarra y tres hileras de pupitres para que los alumnos se sentaran de dos en dos. Elegí por compañero a Barty.

—Que me aspen si no soy el hombre más afortunado de Cumnor. Será un placer acompañar en esta asamblea a la señora Sara —dijo tocándose el ala del sombrero.

John se sentó en la última fila con su hijo Junior, y nadie junto a Barker en la primera. Vinieron tantas personas que fue necesario traer varias sillas. Cuando la señora Atkinson se puso en pie, los rumores que flotaban por el aula se fueron desvaneciendo como cuando entra una profesora en clase de primaria.

—Estimados vecinos de Cumnor, me complace dar comienzo a esta nueva reunión de nuestra asamblea, cuyo ostensible éxito de convocatoria celebro, incluso a pesar de que, presumiblemente, esté motivado por un asunto espinoso —dijo paseando la mirada por el aula y deteniéndose por un segundo en Barker, que la observaba circunspecto—; siempre es agradable ver juntos a nuestros vecinos.

La señora Atkinson se cambió sus gafas de pasta por unas muy finas de leer de cerca, que llevaba colgadas del cuello con una cadena plateada.

—El primer punto del orden del día es la reparación de la calzada de High Street. Según hemos sabido, la inesperada ruptura de una tubería durante la fase de excavación supondrá un retraso moderado en las obras. La empresa constructora estima que será de diez o doce días. Espero que disculpen los inconvenientes que pueda ocasionar, especialmente a los vecinos con movilidad reducida.

—¿Cuántas semanas de retraso? —preguntó una señora de edad y sordera avanzadas, y varias voces contestaron a la vez dejándola aún más confusa.

—Solo diez o doce días de retraso, señora Foster —repitió alzando levemente la voz la señora Atkinson y continuó con el orden del día, que incluía asuntos como el cambio de horario en el alumbrado de las calles y recomendaciones para el uso de los contenedores de reciclaje. Una vez abordados todos los puntos de la agenda, la señora Atkinson dio la palabra a Barker, quien subió a la tarima con aire displicente, se ajustó las gafas y comenzó:

—Sepan ustedes que estoy muy decepcionado. Vine a Cumnor cuando este pequeño pueblo no era nada. Prácticamente, un cruce de caminos. Invertí comprando propiedades por las que pago generosos impuestos que han contribuido a desarrollar las instalaciones que hoy todos disfrutamos y de las que nos sentimos orgullosos. Pero no se confundan. No busco la gloria ni una calle con mi nombre ni una escultura.

—Habría que subirla a un pedestal bien alto para que se viera a ese renacuajo —me dijo Barty al oído.

—Solo exijo respeto. Solo pido un mínimo de civismo. Vecinos educados que sepan ceder el paso a las damas y a los ancianos, que no arrojen papeles en la calle. Vecinos que respeten la propiedad ajena. Nada extraordinario, ¿cierto? Sin embargo, me preocupa una tendencia que he observado en los últimos años: Cumnor se está llenando de niños malcriados, de aprendices de delincuentes, de gentuza indeseable.

Me giré y vi a John con la mandíbula marcada y los puños apretados encima del pupitre.

—Como todos saben, recientemente, una de mis propiedades ha sido asaltada por unos vándalos. Más allá de los daños, que habrán de pagar hasta el último penique, aquí hay en juego un asunto de principios. ¿Es este el Cumnor que queremos? ¿No deberíamos levantarnos contra quienes están destruyendo lo que tanto nos ha costado construir?

Un revuelo de voces recorrió el aula, y la señora Atkinson alzó la mano reclamando silencio.

—Señor Barker, me temo que disponemos de un tiempo limitado para esta reunión, ¿sería tan amable de ir al grano?

—De acuerdo. Confiaba en que sus padres tendrían la decencia de dar la cara, pero como no han hecho el menor gesto, he traído las pruebas que delatan a los culpables —dijo sacando una bolsa que había dejado bajo su pupitre—. Los responsables del asalto a mi propiedad son los dueños de estos dos pijamas —señaló sosteniéndolos en alto, y otro revuelo de voces atravesó el aula.

Indignada, me levanté y le dije apuntándolo con el dedo:

—Esos pijamas son de mis hijos, pero no pienso tolerar que los insulte. ¿¡Usted quién se ha creído que es!?

Entonces John saltó como un resorte de su pupitre, se dirigió a la tarima, agarró a Barker de la solapa de su camisa con una mano, cerró el puño de la otra y le dijo:

—Los pijamas son de los hijos de Sara, pero los que condujeron su maldito tractor fueron mis hijos, y si no retira ahora mismo sus insultos…

—¡No fueron los hijos de John los que ahogaron a su vaca! —vociferó un vecino desde el fondo del aula con tal fuerza que John aflojó la camisa de Barker. Todos se volvieron estremecidos para ver quién era. Era un hombre pelirrojo de un tamaño colosal y acento irlandés. Parecía que hubiera recuperado el habla después de años de silencio.

—Les ruego que mantengan la calma —intervino ahora la señora Atkinson. Y añadió—: Señor Murphy, si dispone de información relevante, continúe, por favor.

—Tres encargados. En lo que lleva de año, su finca ha tenido tres encargados. Los dos primeros se marcharon porque no les pagó lo que habían acordado. Y el que ahora tiene ha optado por descontar de sus horas de trabajo lo que no le paga. Por eso no vio a los muchachos jugar con su tractor ni tampoco vio a la vaca ahogada en la acequia. Cayó una semana antes. Fui yo quien la descubrió y quien se lo dijo a su encargado porque el olor llegaba hasta mi propia casa. Así que no trate de culpar a esos muchachos por la muerte de su maldita vaca.

John soltó la camisa de Barker, quien la estiró de los faldones hacia abajo tratando de recuperar la compostura.

—¡Esto no va a quedar así! —gritó mientras se marchaba ofuscado del aula.

Los vecinos se fueron retirando, mostrándonos su apoyo con delicados gestos. Algunos hombres dieron a John un apretón en el brazo. John se adelantó a dar las gracias a Murphy, y él contestó:

—Siento haber interrumpido tu puñetazo a Barker.

—Me temo que habrá más ocasiones para dárselo. Se lo tiene bien merecido —apuntó la señora Atkinson.

—Señoras y señores, celebro que la verdad se haya esclarecido. Les invito a una ronda de cerveza —propuso Barty.

Cuando llegamos a The Bear, me di cuenta de que parecíamos un grupo de actores a los que no había dado tiempo a pasar por el camerino después de una peculiar obra de teatro. Pero estuvo bien. Murphy contó historias de su infancia en Irlanda, Barty hizo reír a la señora Atkinson, Junior se tomó una pinta de cerveza, John pagó discretamente la cuenta y yo gocé al verlo sonreír por un rato. Desde ese día, me sentí como una más en Cumnor.

Andre, me pregunto qué hago aquí sentada bajo un árbol, junto al río. Ya me acuerdo: vine con un cuaderno a ordenar mis ideas, a averiguar de qué tengo el corazón lleno. Ahora siento la brisa en la cara y al sol, que se cuela entre las ramas, deslumbrándome a ratos con sus destellos. Esta tarde no ha pasado nada. Solo unos patos. Un hombre en piragua. Quizá pasó algún barco cuando me entró sueño. O tal vez solo ha pasado el tiempo. Eso que anhelé durante años y que ahora tengo en abundancia, pero que no puedo almacenar en el granero. Y lo malo es que no sé cómo gastarlo. Y al gastarlo sola, pasa más lento. Pero igual siento que, poco a poco, lo pierdo. Como pierde el agua una bolsa con agujeros.

Noto la corteza del árbol recorriendo mi espalda. Para la nuca he encontrado un hueco perfecto. Cierro los ojos y respiro profundo. Quiero saber qué es eso que habita este cuerpo. ¿Será lo que llaman alma? Quiero saber de qué está hecha. Si es capaz de atravesarme el pecho y de volar de un sitio a otro. O si es frágil como una hoja seca y, al romperse, sus partículas se las lleva el viento y se posan en otros y allá se quedan prendidas, como un perfume en un suéter. Y al respirarlas se hacen parte de ti, para siempre, y ya no hay manera de separarlas, ni pinzándolas con dos dedos. Quizá por eso han de romperse los corazones. Un día quiero pedirle cuentas a quien maneja los vientos.

Un golpe de viento fue lo que se llevó en una tarde aquel verano, y, al día siguiente, me tocó revolver apresurada los armarios y sacar suéteres de lana y calcetines largos. Oliver y James no tardaron en adaptarse a su nuevo colegio, y los gemelos comenzaron a frecuentarlo más que el curso anterior. Desde el principio, traté de hacerme amiga de la directora, en previsión de tener que ir a verla con más asiduidad que otros padres. El día que conocí a la señorita Joy, me pareció mucho más joven de lo que era: una recién licenciada en Literatura por la Universidad de Oxford con el pelo corto y unas gafas con montura de ojo de gato más grandes que su propia cara.

—Buenas tardes a todos, hoy les hemos convocado para anunciarles una iniciativa que queremos poner en marcha en Cumnor: un club de lectura para padres e hijos —dijo en un aula magna llena que recibió la noticia con un agrado expectante—. Usaremos clásicos de la literatura apropiados para distintas edades. Comenzaremos leyendo en voz alta en clase y continuarán en casa con sus *tablets* y su ayuda —prosiguió, y vi gestos de aprobación a mi alrededor hasta que mencionó la palabra clave—: Les recomiendo que desinstalen todos los videojuegos.

Una oleada de comentarios y algunas risas recorrieron el aula magna, pero no pareció perturbar a la señorita Joy, que continuó con una determinación implacable:

—En breve les enviaremos la selección de libros para cada clase.

El primero de la lista era *Peter Pan*. También estaban *Alicia en el país de las maravillas* y *La vuelta al mundo en ochenta días*. Cuando vi *Las aventuras de Tom Sawyer y Huckleberry Finn*, me acordé de los monstruos y de los gemelos y pensé: «Lo que me faltaba». Pero esa temida amistad entre ellos empezó a sorprenderme de maneras insospechadas.

—Mami, ¿por qué papá y tú no vivís más cerca? —me preguntó James un día cuando fui a darle las buenas noches. Primero pensé en salir del paso con un «es un asunto complicado» y dándole un beso. Pero luego me acosté junto a él en la cama y traté de elaborar una respuesta apropiada para un niño de seis años.

—¿Recuerdas cuando tu padre les contó que se marchaba de viaje?

—Dijo que era un viaje largo —precisó James.

—Así es.

—¿Se fue por mi culpa?

—De ninguna manera. No fue por tu culpa ni por la de Oliver.

—¿No? —preguntó aliviado.

—Fue por la nuestra. Porque no supimos querernos. Cada uno iba por su lado. Y así fueron pasando los años, hasta que aquel día su padre se fue y yo me di cuenta de que era preferible criarles sola a que crecieran viendo a sus padres tristes.

—¿Y por qué Papá se fue a San Diego?

—Quizá porque allí le resultó más fácil encontrar trabajo. Pero me temo que solo él puede responderte esa pregunta.

—Los gemelos también echan de menos a su madre. Nos han contado que se puso enferma y se murió muy rápido. Pero ella se fue al cielo. ¿Qué está más lejos, el cielo o San Diego?

—No sé. ¿A ti qué te parece? —pregunté. Él miró por la ventana. No había nubes, solo estrellas diminutas y alguna más grande brillando intensamente.

—Puede que esté más lejos San Diego.

Otro día pregunté al llegar a casa a Oliver, que, con nueve años, empezaba a mostrar síntomas de adolescencia.

—¿Qué han hecho esta tarde?

—Nada.

—¿Y dónde no han hecho nada?

—En casa de John.

—No entiendo por qué, teniendo Riverview, con todas estas facilidades, prefieren ir a jugar allí.

—No estábamos jugando.

—Entonces, ¿qué estaban haciendo?

—Estamos construyendo una cabaña.

—¿Cómo que una cabaña? ¿En dónde?

—En un árbol. Está detrás del granero. John nos está ayudando.

—¿Y para qué quieren una cabaña en un árbol?

—Para hablar de nuestras cosas —dijo entrecerrando los ojos con aire de intriga.

—¿Nuestras cosas? —repetí sus palabras e hice un silencio para tirarle de la lengua.

—Estamos preparando un plan —añadió haciéndose el interesante.

—¿Qué clase de plan? —pregunté amistosa tratando de que me revelara su secreto.

—Incendiar el colegio.

—¿¡Cómo!?

—Mamááá, que es brooomaaa.

—Son tremendos... Esa cabaña tengo yo que inspeccionarla.

Unos días después, me invitaron a la inauguración oficial de la cabaña. Los recogí a la salida del colegio y fui caminando con ellos y los gemelos hacia la casa de John. Los chicos iban a mi lado, dando saltitos para acelerar el paso. Yo parecía el flautista de Hamelin recorriendo los campos en una tarde de otoño.

Cuando llegamos, no estaba la camioneta de John. Los gemelos me explicaron que Junior había empezado a trabajar con él y que todos los días lo acompañaba. Entré un momento en la casa a saludar a Martha y vi que andaba estudiando Matemáticas en la mesa del comedor con un ojo puesto en su hermano pequeño. Jasper jugaba en el suelo rodeado de muñecos viejos. A muchos les faltaban piernas y brazos; a otros, incluso la cabeza. Parecía un campo de batalla. Él musitaba ruidos de bombas y cañonazos. Los chicos me sacaron de la casa tirándome de las manos y me llevaron entusiasmados hasta detrás del granero.

La cabaña no eran los cuatro palos y tablas amarradas que me había imaginado; era una auténtica casa subida en un árbol. Como si hubiera caído del cielo y encajado perfectamente entre las ramas.

—¡Guau! —exclamé atónita

—Todavía no has visto nada —dijo Oliver.

Subí tras ellos por una escalera que llegaba hasta una trampilla. Cuando me asomé, vi una mesa, cuatro sillas, pilas de libros en el suelo y un viejo mapa del mundo colgado de una pared. En la mesa había cuatro cuadernos y un cubilete con lapiceros.

—¿Así que están planeando algo? —pregunté.

—Una obra de teatro —dijo Jim.

—Una obra de teatro escrita por Martha —precisó Tim.

—Es la historia de una madre que sale de viaje con sus dos hijos para buscar a su padre, que no regresó de la guerra —explicó Oliver.

—Oliver hace de narrador, Jim y yo de hijos, Tim de padre y Martha de madre —añadió James.

—Me parece muy apropiado —comenté—, avísenme cuando la tengan lista. No quisiera perdérmela.

Los dejé jugando arriba y bajé a esperar a John para saludarlo y felicitarlo por la cabaña. Me encontré la puerta del granero abierta y entré a echar un vistazo. Lo que vi me dejó boquiabierta: un caballete en el centro, iluminado en diagonal desde las ventanas del segundo piso, con un cuadro inacabado de una mujer. El trazo tenía un realismo asombroso, pero envuelto en una atmósfera etérea, desdibujada intencionalmente para dar relieve a su figura, a sus brazos desnudos y a sus delicadas manos apoyadas boca arriba en su regazo, sobre un vestido azul pálido. Supe de inmediato que se trataba de Claire. Era de una belleza deslumbrante.

No era el único cuadro. Había al menos dos docenas. La mitad, de Claire, y el resto, de sus hijos con distintas edades. Encontré también un autorretrato. Aparecía John con una mirada profunda, como invitando a viajar a un lugar lejano.

La puerta del granero chirrió a mis espaldas.

—¿Qué haces aquí? —preguntó Martha con tono preocupado.

—Vi la puerta abierta y entré a echar un vistazo a los cuadros.

—A mi padre no le gusta que nadie los vea —dijo muy seria.

De repente, oímos la camioneta de John acercándose por el camino.

—Rápido, tenemos que salir de aquí —dijo Martha.

John venía hablando con Junior, y por poco no nos vio salir del granero. Sabía que yo iría a su casa para la inauguración de la cabaña. Traían cuatro *pizzas* y unos refrescos. Los chicos los vieron llegar desde la ventana de la cabaña y bajaron como un rayo. Empezaron a dar vueltas alrededor de las *pizzas* como si no hubieran comido en una semana.

—Papi, ¿podemos comer en la cabaña? —preguntó Tim.

—Podéis. Llevaos un par de *pizzas* —respondió.

Junior las alzó para que no pudieran alcanzarlas, y ellos empezaron a saltar estirando los brazos. Finalmente, se las entregó diciéndoles:

—Divididlas en cuatro partes y compartidlas como buenos hermanos.

Los chicos se esfumaron tan rápido como vinieron, y el resto entramos en la casa. Martha retiró sus libros de la mesa del comedor, trajo cuatro platos y cuatro vasos y colocó un montoncito de servilletas de papel en el centro. A Jasper le puso un pedazo de *pizza* en la palma de la mano.

—¿Puedo subir a la cabaña? —preguntó Jasper.

—No. Aún eres muy pequeño y podrías caerte —le explicó Martha.

—Yo puedo ayudarlo a subir —propuso Junior mirando a su padre.

—Adelante —concedió John.

—Junior, ten mucho cuidado —le conminó Martha cuando se llevaba a Jasper colgado de un brazo mientras daba un mordisco a su porción de *pizza*—, y recuerda a tus hermanos que, al terminar, recojan el lavaplatos y frieguen el suelo de la cocina.

El espíritu jovial de esa improvisada cena me cambió el estado de ánimo. Estaba sentada frente a un hombre al que creía haber empezado a conocer y, de repente, mi visita furtiva al granero me descubrió cuánto me faltaba. Yo, que siempre me he vanagloriado de leer rápido a la gente, me sentí como una principiante. Me moría por preguntarle sobre sus cuadros, pero, tras la advertencia de Martha, opté por una pregunta abierta:

—¿En qué andas trabajando ahora, John?

—Estamos reparando la cubierta de una casa. Junior me está ayudando. Es una casa antigua. Las tejas llevan mucho tiempo rotas, el agua se ha filtrado y ha resquebrajado el techo del salón. Hay que reforzarlo antes de que llegue el invierno y colocar tejas nuevas. Si nevara, el peso podría hundir el tejado y aplastar a alguien.

—Me imagino que debe de ser peligroso trabajar en un tejado.

—Así es. La cubierta está muy inclinada. Pero nos aseguramos con cuerdas. Vamos bien equipados. Junior está aprendiendo rápido.

Su voz sonaba segura. Como la de alguien que sabe de lo que habla. La de alguien a quien dejarías construir tu casa con sus propias manos. Me fijé en las de John y me parecieron grandes, pero proporcionadas. La palma era ancha y los dedos fuertes. Tenía en uno una herida reciente que aún no había cicatrizado y también motas de pintura en los nudillos. Parece que ese día nadie se lavó las manos antes de la cena.

—Quizá te necesitemos de nuevo en Riverview —le anuncié.

—¿Alguna fechoría de los chicos?

—No que yo sepa —dije golpeando la mesa con los nudillos.

—¿De qué se trata? —preguntó John.

—De la chimenea. Estrictamente, cumple una función decorativa, porque la calefacción es magnífica. La señora Brooks, la anterior propietaria, me dijo que lleva años sin usarse, pero quisiera encenderla este invierno. Me gusta el aroma a leña. Me recuerda a mi infancia. ¿Cuándo podrías venir a revisarla?

—Tú no eres de aquí, ¿no? —preguntó cambiando de tema.

—Soy colombiana. De Medellín, para ser más precisa. Aunque he vivido más de la mitad de mi vida entre Estados Unidos e Inglaterra. Aquí llevo casi una década.

—Pensé que eras italiana. O española.

—En España estudié un año. Es curioso, en Colombia me preguntan de dónde soy. Mi acento ha ido mutando.

—¿Y dónde están tus raíces? —preguntó, y me dejó pensando unos segundos.

—Durante los últimos veinte años, en los salones ejecutivos de aeropuertos internacionales. Muy triste. Ahora estoy tratando de echarlas en Cumnor.

Martha se levantó de la mesa:

—Debo dejaros. Mañana tengo examen de Matemáticas.

—¿Cómo le va a Martha estudiando desde casa? —pregunté a John cuando ella se había retirado.

—Bien. Es responsable. Sabe organizarse.

—Cuando vinimos a Cumnor, valoré el *home schooling* para Oliver y James. Pero pensé que yo tendría más dificultades que ellos para adaptarme. Mis hijos tienen una energía inagotable.

—Te los cambio por los gemelos una semana —dijo con una ironía contenida, y a mí me salió una carcajada. Me relajé.

—John, ¿qué haces en tu tiempo libre?

—No tengo mucho —dijo con los brazos cruzados encima de la mesa mientras miraba por la ventana.

—No sé. Quizá te gusta leer —lo tanteé.

—Me gusta —respondió lacónico.

—¿Y qué estás leyendo ahora?

—*South*.

—¿De qué trata?

—De la carrera por llegar al Polo Sur de Scott y Amundsen.

—Suena como el tipo de libro que va contigo.

—¿Qué tipo de libro va conmigo? —preguntó girando la cabeza para mirarme.

—No sé. En realidad, te van autores como Hemingway o Jack London —traté de adivinar, y él resopló por la nariz algo parecido a una sonrisa. Luego dijo:

—He leído algo de ellos. Tienes buen ojo. ¿Y a ti qué te gusta leer?

—Me gustan los clásicos.

—¿Te gustan los clásicos?

—Me gustan.

—Tenemos clásicos en la biblioteca —dijo señalando con el dedo al otro lado de la pared.

—¿Puedo echar un vistazo? —propuse.

John se levantó lentamente y me condujo a la habitación contigua. Él se quedó con un hombro apoyado en el marco de la puerta y las manos en los bolsillos.

La biblioteca era una habitación relativamente pequeña. Junto a la ventana, había un viejo sillón de piel y una mesa baja con varios libros apilados y, enfrente, un sofá de terciopelo verde aún más viejo. Tres paredes estaban cubiertas por estanterías de suelo a techo. Hice un cálculo rápido: cuatrocientos libros. Muchos con pasta dura de tela, formando colecciones que ocupaban baldas completas. En algunas sobresalían unas tarjetas de cartulina escritas con una letra femenina de color burdeos: literatura inglesa, literatura norteamericana, literatura europea, literatura rusa, exóticos, filosofía clásica, ensayos, francés... Me detuve un momento:

—¿Hablas francés?

—Yo no.

—¿Claire? —pregunté, y sentí que mi pregunta lo incomodaba. Se despegó de la puerta y dijo:

—Voy a ver cómo andan los chicos.

Sé que suena bobo decirlo, Andre, pero aquella tarde salí de casa de John convencida de que era el hombre más atractivo que había conocido. Quería saberlo todo sobre él. Asomarme a su alma. Lo que alcancé a ver me pareció un espacio habitable. Un lugar seguro.

Dos semanas después, cuando los chicos tuvieron lista la obra de teatro, organizamos el estreno en la biblioteca de Riverview. Junior, María y yo nos sentamos en el sofá, y John, en el sillón con Jasper recostado encima. La sala estaba en penumbra, las cortinas, cerradas y solo había encendidas un par de lámparas pequeñas. Un foco iluminaba el escenario que habían improvisado sobre una alfombra. Los chicos andaban nerviosos ultimando los detalles en el salón contiguo. María los había ayudado a disfrazarse. Hasta habían preparado una banda sonora con piezas de piano y efectos especiales. Finalmente, entraron en la biblioteca en silencio y cerraron las puertas correderas. Grabamos la función con una *tablet.*

*Hace muchos, muchos años, un padre se despidió de su mujer y de sus dos hijos para ir a la guerra, al otro lado de las montañas.*

*—Debo marcharme. Puede que tarde en regresar a casa, pero volveré, os lo aseguro. Mientras tanto, cuidad de vuestra madre.*

*La guerra fue terrible. Frecuentemente, llegaban cartas con la noticia de cada soldado caído en combate. Las madres y las esposas lloraban desconsoladas. Los padres aguantaban el dolor en silencio. Los niños jugaban a escondidas para no hacer ruido. La aldea parecía un cementerio. Así, pasaron tres años.*

*Un día, la madre se levantó de madrugada y comenzó a deambular por la casa. El mayor de sus hijos fue a ver qué pasaba.*

*—Mamá, ¿qué haces despierta tan temprano?*

*—Estoy organizando nuestras cosas. Nos vamos de viaje.*

*—¿Adónde?*

*—A buscar a vuestro padre. La guerra ha terminado, y él ya debería haber regresado. Somos los únicos a los que no ha llegado la carta.*

*—¿Y no será que está muerto, como los otros?*

*—Él no está muerto. No puede estarlo. Siento que está vivo y que necesita nuestra ayuda. Sé que nos está esperando. Despierta a tu hermano y vestíos. Abrigaos bien. Tú ponte el suéter de lana de tu padre, aunque te quede grande. Llevad los guantes y las bufandas. Hace frío en las montañas. Hemos de encontrarlo antes de que llegue el invierno.*

*Al principio, el camino fue fácil. Atravesaron el bosque y cruzaron el río saltando de piedra en piedra. Incluso se detuvieron a recoger frutos de los árboles. Luego empezaron a subir por la ladera, y, al llegar a la montaña, el sendero se hizo abrupto y empinado.*

*—Mamá, estoy cansado. ¿Cuánto falta?*

*—No lo sé, hijo. Puede que unos días. Quizá semanas. Solo sé que, cada paso que damos, estamos más cerca de vuestro padre.*

*Y así fueron ascendiendo a las montañas. El otoño se estaba marchando. Remolinos de viento levantaban las últimas hojas. Se detuvieron en una aldea a llenar sus morrales con provisiones. Pan, queso, galletas, mermelada e higos secos. Por las noches, dormían en cabañas de pastores y se calentaban haciendo fuego.*

*—Mamá, no creo que mi hermano resista este ritmo mucho tiempo.*

*—Tu hermano es pequeño, pero tiene el corazón de un guerrero.*

*—Pero ni siquiera sabemos adónde vamos. ¿Cómo puedes estar tan segura de que mi padre no está muerto?*

*—Lo estoy, hijo, aunque no sé cómo explicarlo.*

*Llegaron a la última aldea al mismo tiempo que el invierno. Todos les desaconsejaron continuar el viaje. Arriba les esperaba una planicie larga y helada, expuesta a un viento gélido.*

*—Un hombre experimentado tardaría dos jornadas en llegar al otro lado en un trineo tirado por cuatro perros. Además, tendría que dormir una noche a la intemperie, sin poder refugiarse en ninguna cabaña. Si sigue nevando así, en unos días, el paso quedará cerrado hasta después del invierno —les advirtieron.*

*La madre compró un trineo y solo dos perros. No le alcanzó para más su dinero. A la mañana siguiente, reemprendieron el viaje.*

*Tal como les habían anunciado, tras el último trecho de subida, llegaron a la planicie blanca. La nieve caía intensamente, y las ráfagas de viento les azotaban la cara. La madre subió a sus hijos al trineo y los abrigó con mantas. Ella caminaba detrás. Los perros tiraban con vehemencia. Les esperaban dos jornadas para llegar al otro lado de las montañas, a ese lugar donde hablaban una lengua extraña.*

*—Mamá, estos perros son muy fuertes. ¡Mira cómo avanzan abriéndose paso en la nieve!*

*—Espero que no se cansen. Ni siquiera se ve el otro lado. Estamos muy lejos.*

*—Vamos a conseguirlo, hijos. Pronto veremos a vuestro padre.*

*Ese día lograron llegar a la mitad de la planicie. Los perros estaban muy cansados. Tras comer la carne que les dieron los hijos, se recostaron en la nieve. Mientras tanto, la madre cavó con una pala un agujero para pasar la noche. Se metieron los tres dentro, con los perros a sus pies, y se cubrieron con una lona.*

*—Mamá, ¿qué es eso que se oye?*

*—Creo que son lobos.*

*—¿Y los lobos pueden comernos?*

*—No te preocupes, hijo. No van a hacernos nada.*

*—¡Oh, Dios mío, cada vez están más cerca!*

*—¿Dónde dejasteis la comida de los perros?*

*—La dejamos junto al trineo.*

*—¿Y la enterrasteis?*

*—No me acuerdo.*

*—¡Te lo advertí! ¡Te dije que tenías que enterrarla! Ese era tu único encargo y te olvidaste de hacerlo.*

*—Tú siempre dándome órdenes. Pero tú no eres mi padre, solo mi hermano.*

*—Hijos, no discutáis. Es lo que menos puede gustar a vuestro padre. Ahora dormid. Mañana nos espera una jornada larga.*

*A la mañana siguiente, la madre despertó a sus hijos, que habían dormido apoyados en su regazo. Ella no había pegado ojo. Tenía la espalda y las piernas heladas. Le costó levantarse. Salió del agujero y sintió que el viento helado agitaba su ropa. Fue a preparar el trineo y comprobó lo que se temía: los lobos habían acabado con la comida de los perros. Compartieron con ellos los higos secos que solían desayunar y continuaron la marcha.*

*—Mamá, hoy los perros no van tan rápido como ayer.*

*—Así es. Esta noche ha caído mucha nieve.*

*—Este trineo pesa demasiado para dos perros.*

*Continuaron avanzando bajo la nieve. Apenas se detuvieron unos minutos para almorzar. Debían llegar ese día al otro lado para poder refugiarse en una cabaña que les habían indicado en un mapa. Con el paso de las horas, los perros fueron perdiendo brío. Caminaban lentamente, cabeceando con la lengua fuera. Atardeció muy temprano y aún no divisaban el otro lado debido a la ventisca. La madre detuvo el trineo y fue adelante a ver a los perros. Se agachó a acariciarlos.*

*—Hijos, los perros están agotados. Necesitan descansar. Yo también. Tendremos que dormir otra noche a la intemperie.*

*A la mañana siguiente, la madre apenas podía tenerse en pie. Tampoco había dormido nada. El frío se le había metido en los huesos. El hijo mayor se encargó de atar de nuevo los perros al trineo y le dijo:*

*—Mamá, hoy irás tú en el trineo y yo caminaré detrás. Tenemos que llegar al otro lado cuanto antes y encontrar esa cabaña para que puedas descansar.*

*La madre se recostó en el trineo. No tenía fuerzas. Se abrazó a su hijo pequeño. Lágrimas de impotencia rodaron por sus mejillas y se le congelaron al instante.*

*—Mamá, no te preocupes. Cuidaremos de ti.*

*Los perros avanzaban muy lentamente. La nieve seguía cayendo, y al hijo mayor cada vez le costaba más caminar. Las piernas se le hundían hasta las rodillas. La nieve que caía borraba de nuevo sus pisadas. Al cabo de unas horas, se detuvo y soltó a los perros para darles algo de su propia comida.*

*—Mamá se ha quedado dormida. Tengo miedo. ¿Qué podemos hacer?*

*—Solo podemos esperar.*

*—¿Esperar qué?*

*—Que alguien nos ayude.*

*Se tumbaron junto a su madre en el trineo. La nieve dejó de caer y las nubes se abrieron. Por un momento, vieron un pedazo de cielo. En unos minutos, los dos se quedaron dormidos junto a su madre.*

*De repente, unos ladridos sonaron en la distancia. Eran ladridos fuertes, de perros llenos de energía aproximándose a ellos. Los tres se despertaron y vieron un trineo tirado por ocho perros. Sus dos perros caminaban delante, guiándolos. Un hombre envuelto en pieles se bajó. En una lengua extraña les indicó que subieran al trineo, que amarró detrás del suyo. Luego subió a los dos perros en su trineo. Les sangraban las pezuñas, estaban exhaustos.*

*Avanzaron un rato por la planicie. Pronto aparecieron algunos árboles y el trineo empezó a ir más rápido, deslizándose ladera abajo. Finalmente, llegaron a una cabaña, la que les habían indicado en la última aldea. El hombre les encendió el fuego, les dejó algo de comida y se marchó. Los tres cayeron dormidos en un sueño profundo.*

*Unos nudillos golpearon la puerta tres veces. El hijo pequeño se movió un momento, pero siguió durmiendo junto a su madre. Ella no tenía fuerzas para levantarse. Apenas estaba amaneciendo. La puerta volvió a sonar, ahora algo más fuerte, y el hijo mayor se despertó sobresaltado y fue a ver quién llamaba. La madre escuchó cómo la puerta chirriaba al abrirse lentamente.*

*—¿Quién eres?*

*—¡Hijo! Soy yo, tu padre. Ya terminó la guerra. He logrado atravesar las montañas antes de que llegue el invierno. Os dije que regresaría a casa. Ve a despertar a tu madre.*

Cuando las luces de la biblioteca se encendieron, aún sonaban los últimos compases de un nocturno de Chopin. Los chicos se inclinaron para saludarnos, y los aplaudimos emocionados mientras se retiraban de la biblioteca. Miré a John y vi que se pasaba el dedo por debajo de los ojos. Yo tuve que secármelos con un pañuelo. María fue a la cocina a traer unos refrescos, y Jasper se bajó de un saltito de las piernas de su padre y, mientras se marchaba hacia el salón, se volvió a decirnos:

—Era un sueño. La madre soñó el viaje a la montaña. Me lo contó Martha.

Martha regresó a la biblioteca, se sentó junto a su padre en un brazo del sillón y le preguntó:

—¿Te ha gustado la historia?

John le apretó una mano entre las suyas y le dio un beso.

—Martha, has escrito una historia preciosa —le dije sentada en el borde del sofá, girándome hacia ella.

—Gracias —dijo sonrojada, sin mirarme.

—Me gustaría saber qué mensaje has querido transmitir.

—Es una historia sobre la esperanza —respondió escuetamente, y se fue al salón.

Solo John y yo nos quedamos en la biblioteca. Su perfil se dibujaba contra la luz azul del atardecer que entraba por la ventana. Llevaba anhelando desde hacía días volver a estar a solas con él. Y ahí lo tenía, a unos metros de mí, sentado en mi estación de lectura, en el sillón de piel que había comprado cuando llegué a Londres hace una década. Desde el que había viajado a través de novelas. Donde tantas veces había escuchado música con los ojos cerrados. Solo quería que se detuviera el tiempo para seguir abriendo sus puertas y alumbrar cada rincón con una linterna, poco a poco.

—Debo confesar que, hace unos meses, me inquietaba la amistad entre nuestros hijos, y míralos…

—No bajes la guardia: ahora tienen una cabaña para tramar sus planes —me advirtió.

—Ya sé, entonces, a quién reenviar las reclamaciones si vuelven a hacer de las suyas —dije señalándolo con el dedo.

—Me parece justo —asintió.

Volví a acomodarme en el sofá y crucé las piernas y los brazos.

—John, ¿tú qué esperas del futuro?

—Del futuro solo Dios sabe.

—Yo no me quedaría tranquila dejándolo a él que me diseñe los planes.

—Planes —repitió pausadamente—. ¿Tú tienes planes?

—Tuve sueños.

—¿Y se han cumplido?

—Sí, pero no exactamente como los había planeado. Aún tengo que arreglar algunas cosas.

—Hay cosas que se rompen en pedazos tan pequeños que ya no tienen arreglo.

—Es curioso que diga eso alguien que se dedica a hacer reparaciones.

—Me ha tocado aprenderlo a la fuerza.

—¿Cuándo empezaste en tu oficio?

—Siendo un niño. Con mi padre. Tenía una carpintería.

—¿Y a qué se dedicaba tu madre?

—A sus cuatro hijos. Un trabajo impagado a tiempo completo.

—Ahora que yo me dedico a los míos, me parece más bien impagable.

—No parece que estés muy necesitada de un salario.

—¿Y a ti, con cinco hijos, no te vendría bien uno fijo?

—El dinero es un mal necesario. Me basta con lo que gano.

—Creo que tienes talento para ganar mucho más.

—Tú eres una mujer de negocios, ¿no?

—En realidad, lo he sido. Hasta hace unos meses.

—¿Y ahora qué eres?

La pregunta me atravesó como una flecha a una manzana, rompiéndola en pedazos.

—Una mujer de mediana edad que ha corrido demasiado rápido en la primera parte de su vida.

Lo vi inspirar profundamente. Vi sus partículas y las mías flotando entre nosotros, acercándose poco a poco, como en cámara lenta, tocándose apenas con las yemas de los dedos. De repente, sentí vértigo y cambié de tema:

—Por cierto, no te he ofrecido una copa.

—No, gracias. Tomaré lo mismo que los chicos —dijo levantándose y dirigiéndose al salón.

Nuestros hijos charlaban entretenidos mientras devoraban la tarta de zanahoria que les había preparado María. Yo me acerqué a darles la enhorabuena, y John se detuvo a contemplar los cuadros. Cualquiera que hubiera entrado en el salón en ese momento pensaría que éramos una familia numerosa celebrando un cumpleaños. Aproveché para enseñar a John la chimenea. Se asomó dentro, le echó un vistazo y me dijo que vendría en unos días para ponerla a punto. Les ofrecí quedarse a cenar, pero John se excusó con que no querían darnos más trabajo. Los chicos y yo insistimos, pero él declinó tajante la propuesta:

—Cenaremos en nuestra casa.

Poco después, supe que la señora Brooks había caído enferma y fui a visitarla a su casa de Londres. Me recibió en la cama, con dos almohadas bajo la cabeza y la habitación en penumbra.

—Buenos días, señora Brooks —dije desde la puerta.

—Sara, qué agradable sorpresa. Ven, acércate. Siéntate aquí, a mi lado. ¿Podrías abrir esas cortinas?

—Por supuesto. ¿Cómo se encuentra?

—Pues no sé si me estoy muriendo de vieja o de pena.

—¿Por qué dice eso, señora Brooks, usted que siempre está tan contenta?

—Hace unos días vinieron a verme mis hijas. Cada una se sentó a un lado de la cama, para guardar las distancias. Y adivina de qué hablaron.

—¿De usted? ¿De su familia?

—Me temo que hablaron de lo que más les importa: de la herencia. Primero empezaron con indirectas, luego vino el fuego cruzado y, al final, tuve que tocar esa campana y pedir al mayordomo que las acompañara a la puerta. No sé qué hicimos mal con ellas. Las enviamos a los mejores colegios. Les dimos una educación exquisita. Se casaron con jóvenes prometedores, tuvieron un hijo cada una y se divorciaron al año siguiente. Parece que compiten hasta en sus desgracias. Luego se casaron con hombres de la alta sociedad y, desde entonces, se entregaron a una vida ociosa. Nunca tienen tiempo de traerme a mis nietos, pero no se pierden ninguna fiesta. Pasan los fines de semana en las casas de campo más exclusivas y han viajado a los lugares más exóticos del planeta. Me apena terriblemente decirlo, pero viven en una banalidad frenética, corren alocadas hacia un precipicio. Creo que, en parte, fue nuestra culpa. Les dimos demasiado, demasiado pronto. Nunca aprendieron el valor de las cosas ni cuánto se disfrutan cuando las logras con tu propio esfuerzo. Y lo peor es que sé que cuando me avergüenzo de mis hijas es de mí de quien me avergüenzo.

—No diga eso, señora Brooks. Cada cual es responsable de cómo administra lo que ha recibido, sea poco o mucho. No tiene por qué cargar con esa culpa.

—Eso es muy fácil de decir. Pero las madres fuimos inventadas para cargar con todo. Háblame de tus hijos, Sara. ¿Cómo están en Riverview?

Le conté sus últimas peripecias y también le mostré el vídeo de la obra de teatro.

—Qué chicos tan simpáticos. Me alegra que se hayan hecho amigos de los hijos de Claire. Fue tan triste su pérdida... ¿Cómo está John?

—Bien, creo. Aunque, a decir verdad, no es fácil saberlo. Es un hombre muy reservado.

—Es un hombre aún más grande por dentro que por fuera.

—Eso parece.

—Y dime, Sara, ¿qué planes tienes para esta Navidad?

—Estoy muy ilusionada. Será la primera en Riverview. Mis hijos ya han encontrado dónde están guardadas las luces para el árbol, y yo he encargado a John que ponga a punto la chimenea.

—Oh, qué buenos recuerdos me trae esa casa. Robert y yo la estrenamos poco después de casarnos. Fuimos allí muy felices. Uno de nuestros momentos preferidos era el recital de piano que Robert daba cada fin de año para los vecinos de Cumnor. Cada uno de enero, las familias iban llegando a media mañana a Riverview y yo las recibía en la entrada principal. Luego teníamos el concierto en el salón, con las puertas de la biblioteca abiertas, para que cupieran todos. Robert se lo tomaba muy en serio. Ensayaba durante semanas. Llegado el día, se ponía ceremoniosamente su *smoking* y entraba como un artista, en el último momento, saludando con una inclinación a la audiencia. Una vez terminada su interpretación, ofrecíamos un cóctel para los mayores, mientras que los niños jugaban en otra sala. Es una tradición que siempre mantuvimos, incluso el año de la gran nevada. Ese año nos tocó echar sal en el camino para facilitar el acceso a los vecinos. Algunos hasta vinieron en trineo. Y los niños hicieron en el jardín un muñeco de nieve perfectamente equipado: con nariz de zanahoria, gorro de lana y bufanda.

—Es el tipo de cosa que encantaría a mis hijos.

—Ah… Recuerdos... Con el tiempo, eso es todo lo que nos queda. Y, con suerte, alguien a quien contárselos. Gracias por venir a acompañar a esta anciana, Sara —me dijo tendiéndome su mano, que sostuve entre las mías.

—Es un placer, señora Brooks. A mí me fascina escuchar historias. Por cierto, ¿y qué planes tiene usted para Navidad?

—Me quedaré aquí, tranquila, si Dios no me llama antes…

—Si la llama, dígale que lo siente, pero que yo la invité primero a pasarla en Riverview.

Andre, supongo que hay que estar muy desesperada cuando acudes a una iglesia para averiguar qué clase de agnóstica eres. A eso fui a Saint Michael's esta mañana después de encontrarme a María sollozando en la cocina.

—María, ¿se encuentra bien?, ¿qué le pasa? —le pregunté sentándome a su lado y pasándole el brazo por la espalda.

—Nada, señora Sara, estoy bien —dijo tratando de recomponerse.

—¿Pero por qué llora? —insistí.

—Porque echo de menos a los chicos. La casa está muy triste desde que se fueron a San Diego.

—Dígamelo a mí... No es para esto para lo que trabajé tanto. Para alejarme de ellos, para quedarme encerrada, condenada al aislamiento en una prisión elegida, en la casa de mis sueños. Pero usted no tiene por qué pasar por esto. Usted ya hizo suficiente por esta familia. María, ¿por qué no regresa a Colombia?

—Porque no puedo dejarla sola ahora.

—Mentiría si le dijera que no la necesito, pero, dígame, ¿por qué hace todo esto?, ¿por qué tiene que vivir así?

—A mí me gusta cuidar, señora Sara. Y siento que estoy cuidando a quien Dios me pide.

—¿Y no le ha encontrado Dios a nadie que la necesite más que yo?

—No, por el momento.

—Me cuesta creer en un Dios que me ve tan desesperada.

Más tarde, salí a pasear con Dark y Grace y, al pasar por High Street, vi la puerta de Saint Michael's abierta. Los até a una reja y entré en la iglesia. Estaba vacía. Di una vuelta por el templo para ver las vidrieras y me parecieron bellas pero incomprensibles. Luego traté de leer las lápidas que había en el suelo para conocer quiénes eran los difuntos célebres de Cumnor, pero los vivos habían desgastado las letras de tanto pasar por encima. Finalmente, me senté en un banco y dije en voz alta:

—Hola, Dios. No sé si me estás escuchando. Si lo estás, quiero hacerte unas preguntas: ¿Cómo haces para que haya gente que siga confiando en que funcionan las plegarias, si no parece que les vaya mejor que a los que tenemos serias dudas de que sirvan para algo? ¿Por qué te gusta este juego macabro? ¿Por qué no hablas más claro? O al menos más alto, porque yo, desde luego, no oigo nada.

—Sara —dijo una voz que llenó toda la iglesia.

—¡Oh, Dios mío! —exclamé.

—Sara, soy yo —dijo de nuevo la voz. Me giré y vi a Barty asomándose desde el coro.

—Barty, ¡casi me matas del susto! Pensé que eras Dios. ¿Qué haces ahí arriba?

—El padre Taylor me pidió que viniera a barrer la Iglesia, pero he de confesar que me he quedado dormido hasta que me has despertado. Tú también me has asustado. Al principio pensé que eras un ángel.

—Siento decepcionarte. Soy bastante humana.

—En eso me atrevo a competir contigo. Dios sabe que yo no soy ejemplo de nada, pero déjame decirte en su descargo que a mí sí me habla. El problema es que no le hago suficiente caso.

—¿Y qué te dice, si no es mucho preguntar?

—Que beba más agua y que me levante más temprano.

—Si es por eso, Dios debe de estar encantado conmigo.

—Apuesto a que lo está. Quizá a ti quiera pedirte otras cosas.

—De momento, no me ha dicho nada.

—Entonces te toca seguir rezando mientras yo barro —dijo mientras bajaba apresurado haciendo temblar las escaleras del coro.

Busqué otra escoba y me puse a barrer la iglesia con Barty. Y en esas nos encontró el padre Taylor.

—Buenos días, ¿con quién tengo el gusto? —me preguntó inquisitivo.

—Soy Sara, la ayudante de Barty.

—¿Sara? ¿No es usted la señora de Riverview?

—Para servirle, padre Taylor.

—Encantado de conocerla. Había oído hablar de usted, pero nunca había tenido el placer de verla en la iglesia. Venga cuando quiera. Será bienvenida.

—Gracias, quizá ahora lo necesite más que nunca.

—Hace bien en ayudar a Barty —dijo bajando la voz—, Dios la premiará por esta obra de misericordia. «En verdad, en verdad os digo que cuanto hicisteis por uno de mis hermanos más pequeños, por mí lo hicisteis».

Así que, animada por el padre Taylor, cuando la iglesia quedó barrida, invité a Barty a tomar una cerveza. Pero acabaron siendo tres y, tras regresar a Riverview con Dark y Grace tirando de mí por High Street, he tenido que echarme un rato para recobrar la lucidez y seguir contándote mi historia.

La semana siguiente a la representación teatral, John volvió a Riverview a reparar la chimenea. Pero no vino con Junior como ayudante, sino con los gemelos, que, en realidad, no prestaron la menor ayuda. Nada más llegar a la casa, en un abrir y cerrar de ojos, se fueron a hacer quién sabe qué con los monstruos.

John traía una vieja cartera de cuero y vestía su ropa de faena bajo una parka de ante con forro de piel de cordero. Sin embargo, su presencia me causó una impresión bien distinta a cuando, seis meses antes, había venido a pintar las paredes y a restaurar el Banksy. Ahora sentía un deseo arrollador de conocerlo por dentro. Esa mañana tardé en arreglarme el doble. Después de probarme media docena de pantalones, opté por unos *jeans* azules, un suéter blanco de lana y unas botas altas. A mi pelo le di varias vueltas hasta que al fin logré una cola alta con un toque descuidado.

—¿Te importa que vea cómo trabajas? —pregunté sentándome en una esquina del salón para no estorbarle.

—Corro el riesgo de que aprendas y quedarme sin clientes.

—Prometo no hacerte la competencia en Cumnor.

—En todo Oxfordshire.

—Trato hecho.

John comenzó a sacar con sumo cuidado sus herramientas de la cartera, como un cirujano operando a corazón abierto.

—Veo que te tomas muy en serio tu trabajo —le dije.

—Imagino que tú haces igual con tus negocios.

—Lo hacía. Creo que mi problema fue que, durante años, me los tomé demasiado en serio.

—¿Cómo?

—Trabajando a destajo de lunes a viernes y a media jornada los fines de semana. Y así durante meses, sin descansar un solo día. Siempre pendiente de *e-mails* y de mensajes, haciendo presentaciones o revisando informes. Y además viajando de modo incesante, entre hoteles, aeropuertos y oficinas.

—Suena agotador. ¿Cómo aguantabas ese ritmo?

—Cuando tienes veinte años, sientes que puedes con todo. Y lo malo es que, de hecho, puedes. A los treinta empiezas a pagar las primeras facturas, no muy caras si gozas de buena genética. Pero cuando llegas al cuarto piso, el cuerpo empieza a hablarte. Entonces, un día, el médico te dice en un chequeo rutinario de cuántas cosas puedes morirte si sigues a ese ritmo.

Con la cabeza dentro de la chimenea, dijo y su voz salió retumbando:

—¿Y le hiciste caso?

—En cierto modo, sí. Cuando estudiaba el máster en Madrid, tenía un grupo de amigas latinoamericanas: una argentina, una mexicana y otra colombiana. Nos hacíamos llamar las Latin

Queens, aunque esa es una historia para otro día. El caso es que luego seguimos en contacto y una de ellas, Karla, acabó montando una agencia de viajes especializada en experiencias renovadoras para altos ejecutivos.

—Ajá, te sigo.

—Una o dos veces al año, nos invitaba a probar nuevas experiencias antes de lanzarlas a sus clientes. Fuimos a terapias relajantes en Tailandia, hicimos rituales sagrados en un lago del Tíbet, visitamos Machu Picchu de la mano de un terapeuta y creo que fue en Japón donde meditamos debajo de cataratas. Probamos de todo: la cromoterapia, el *feng shui*, la gemoterapia, el *reiki*. En fin, toda la gama de terapias energéticas y vibracionales.

—¿Y qué tal le fue a tu amiga con la agencia? —dijo saliendo un momento de la chimenea y quitándose el carbón de la frente con una manga.

—La agencia fue un éxito extraordinario, pero de nuestra amistad ya no queda nada. Ni siquiera brasas que soplar para avivar el fuego.

—¿Qué pasó?

—No pasó nada en concreto. Se fue apagando progresivamente, en cada viaje. Durante los preparativos, todo eran mensajes de entusiasmo en nuestro grupo de WhatsApp. Pero, ya desde que partíamos, empezaban los roces entre nosotras, las discusiones sin fin y las críticas a la que se ausentaba, aunque fuera solo un minuto. Una vez en el destino, las actividades programadas pasaban a ser secundarias, lo importante eran las fotos y los vídeos que subíamos a Instagram. Al regresar a casa después de cada experiencia renovadora, yo me sentía verdaderamente agotada, sin importar la calidad del barro que me había untado en la piel o cuántas piedras calientes me pusieron en la espalda o si logré activar todos mis chakras.

—No me extraña.

—¿Por qué? —pregunté sorprendida.

—Todo eso suena a *fast-food* espiritual para occidentales vacíos y estresados.

—Admito que yo estaba estresada, pero no vacía.

—¿Y de qué estabas llena?

Me tomé un minuto en responder.

—Quizá estaba llena de mí misma, de mi fulgurante carrera.

—Bien —dijo limpiándose las manos en el pantalón—, parece que la chimenea está lista.

—Supongo que la mejor manera de comprobarlo será encenderla —propuse levantándome por una caja de cerillas de la cocina.

Cuando regresé, vi a John formando una pila con palos pequeños. Me puse de cuclillas a su lado para ver cómo lo hacía. Nunca habíamos estado tan cerca. Sentí su hombro rozarse con el mío, aunque él no pareció darse cuenta. Wilson había dejado leña y un periódico viejo en un barreño de cobre junto a la chimenea. Me pidió que le pasara una página, la arrugó y la metió por un hueco que había dejado entre los palos. Luego le fui acercando unos troncos finos y largos y los fue apilando alrededor, como una tienda de campaña. Finalmente, le pasé dos troncos grandes que apoyó entre sí formando una pirámide.

—Cerillas —dijo luego extendiendo el brazo, sin mirarme, y puse la caja en su mano tiznada de carbón.

En un minuto, el fuego envolvía toda la leña, que celebraba con chasquidos la reinauguración de la chimenea. María entró en el salón sujetando una bandeja con dos cervezas y un pequeño aperitivo, y John hizo ademán de recoger sus cosas.

—John, esto es para los deshollinadores —dije señalando la bandeja.

—Pensé que tendrías una visita —respondió mientras terminaba de guardar sus herramientas.

—Y yo que unas cervezas nos ayudarían a hacer tiempo para comprobar que el tiro funciona correctamente.

Fui a servirle su cerveza en un vaso, y él me interrumpió con un gesto:

—Cuando trabajo, prefiero beber directamente de la botella.

—No te apure sentarte. Riverview es una casa de campo —le indiqué poniéndome a su lado, como a un metro de distancia, en el sofá de cuero.

El fuego tomó fuerza rápidamente, llenando el salón con su aroma, iluminando nuestros rostros y acompasando nuestras voces con su crepitar sereno, apenas interrumpido por los chasquidos repentinos de la madera.

—John, hay algo que quería contarte desde hace semanas y no he encontrado la ocasión de hacerlo —le anuncié mientras los dos contemplábamos la danza de las llamas.

—Parece el momento apropiado. Los chicos deben de estar entretenidos en alguna parte —dijo volviendo a traer a mi mente un peligro del que me había olvidado.

—Hace un par de semanas estuve en Londres haciendo gestiones y fui a visitar a un viejo amigo. Conocí a Peter cuando era socia del Hurlingham, el tipo de club que atrae a ricos y a famosos, y también a altos ejecutivos cuya membresía paga la empresa con la esperanza de transformarla en oportunidades de negocio.

Me giré un momento para ver cómo reaccionaba.

—Te sigo —dijo asintiendo con la cabeza, sentado en el borde del sofá, con los codos apoyados en las rodillas y sujetando la botella con ambas manos.

—Peter es amigo de actores, de músicos y de artistas. No hay fiesta a la que no lo inviten. Es un conversador infatigable. De hecho, quedé con él para almorzar y terminamos a las cinco de la tarde. Es tan pequeño como un yóquey, aunque dice que jamás se ha subido a un caballo. Quizá por eso siempre lleva un sombrero, para hacerse más visible. Tiene docenas. Yo creo que tantos como Elton John gafas. Es todo un personaje en Londres. Dirige una importante galería especializada en artistas contemporáneos en auge.

Me detuve a beber un sorbo de mi cerveza y volví a dejarla en la mesa que teníamos delante.

—Y ahora es cuando viene lo que no sé muy bien cómo contarte, John. Desde aquel sábado en el que llegaste a Riverview para reparar el Banksy, empecé a darme cuenta de que no eres exactamente lo que pareces, dicho en el mejor de los sentidos. De que llevas algo ahí dentro que merece ser compartido. No sé, tienes un modo de ver las cosas, una profundidad increíble, una sensibilidad especial, contenida en una apariencia hosca. Disculpa que sea tan franca. Lo veo en cómo hablas, en la firmeza delicada con la que tratas a tus hijos, en tu saber estar, en tu modestia, en todo. Y el día que fui a conocer la cabaña que hiciste para los chicos, también lo vi fortuitamente en el granero. Me quedé fascinada. Tu pintura tiene una fuerza extraordinaria.

—¿Por qué entraste en mi granero? —preguntó girándose hacia mí con el ceño fruncido.

—Me encontré la puerta abierta. Simplemente andaba esperando a que llegaras.

—¿Y por qué me hablas de ese amigo tuyo?

—John, te prometo que entré por accidente y, cuando vi tus cuadros, me gustaron muchísimo e hice un par de fotos.

—¿Hiciste fotos? ¿Cuántas?

—Sí, no sé, tres o cuatro —dije pasándole mi celular para que las viera.

—¿Y por qué demonios hiciste estas fotos? —preguntó deslizando bruscamente el dedo para verlas.

—Al principio, por puro instinto, como cuando te detienes a hacer una foto a un paisaje. Pero luego pensé que sería interesante la opinión de un experto.

—¡No me interesa la opinión de un experto! —dijo levantando la voz, y vi que una vena se le marcaba en el cuello.

—John, Peter dice que tus cuadros son sencillamente geniales. Quiere exponerlos. Podrías ganar mucho dinero.

—¡Yo no quiero ganar mucho dinero! ¡Yo no pinto para expertos! ¡Yo no quiero exponer nada! ¿¡Lo entiendes!? —gritó enfadado.

—No lo entiendo, John. Tienes cinco hijos y vives en una casa que se cae a pedazos. A esos niños les hace falta ropa nueva y les vendría bien...

—¿¡Y quién eres tú para organizarme la vida!? ¿¡Quién eres tú para asomarte a mi granero!? ¿¡Quién eres tú para tomar fotos de mis cuadros!? —dijo levantándose furioso, y arrojó mi celular contra la pared de la chimenea. Luego cogió su cartera y se marchó dando un portazo que hizo temblar la casa. Un minuto después, tocó insistentemente la bocina de su camioneta y, cuando llegaron los gemelos, se fueron a toda prisa de Riverview. Yo me quedé mirando el fuego, paralizada, hasta que un relámpago iluminó el salón anunciando una tormenta.

Andre, aquella noche se me fue el apetito y apenas cené un caldo caliente. Más tarde, después de acostar a los chicos, traté de ahogar mi pena en una botella de vino mientras escuchaba *La pasión según San Mateo* de Johann Sebastian Bach. Por un rato logré olvidarme de John y de su inesperado desplante. Luego hice un recuento de las emociones que había compartido con él y encontré alguna incómoda, pero nada grave. Finalmente, resolví con una determinación implacable no dedicar un segundo más a un hombre grosero y sin modales. Ya avanzada la botella, hasta me dio la risa al pensar cómo había podido perder el tiempo con alguien que se dedica a las reparaciones, con el hijo de un carpintero.

No sé a qué hora me fui a dormir, pero sí recuerdo haberme despertado a las tres y media, sobresaltada, en mitad de una pesadilla en la que John tiraba furioso toda mi ropa en la chimenea mientras yo le imploraba que no lo hiciera, pero él no parecía escucharme. Me di la vuelta en la cama veinte veces tratando de recuperar el sueño. Incluso intenté inducirlo haciendo ejercicios respiratorios. Nada. La lluvia golpeaba con fuerza en las ventanas de mi dormitorio, y mi mente empezó a vagar sin control por mis adentros, abriendo cajones sin pedir permiso, sacando emociones antiguas y extendiéndolas a mi lado. Aquella noche, dormí con mis propios fantasmas. «¿Y si ya no soy atractiva? ¿Y si perdí el encanto? Me pregunto qué queda de aquella chica a la que llovían hombres, la que podía elegir con quién bailar en las fiestas, la que coleccionaba "no, gracias". ¿Será que he ganado peso? ¿Será que es hora de dedicarme a mí misma? ¿Será que debo hacerme un tratamiento? Quizá un implante o inyectarme una sustancia o cambiarme el peinado. Algo. Está decidido, debo ponerme en manos de un especialista. Conozco clínicas donde hacen milagros. Pero... Espera un momento... ¿Y si es demasiado tarde? Tranquila. No lo es. Estamos a tiempo. He visto resultados sorprendentes en mujeres de cincuenta. Hasta parecen más jóvenes que yo, ¡qué envidia! Aunque, a la vez, sacadas del mismo molde. No, no, no, no. No es eso. Creo que mi problema está dentro. Estuve tan enfocada en el trabajo que perdí la práctica de mostrar mis emociones. Aunque creo que eso nunca se olvida, igual que esquiar o montar en bicicleta. Solo necesito dar con la persona adecuada. ¡Oh, Dios!, pero nunca daré con él en Cumnor, un pueblo perdido en el campo. ¡Maldita sea! Me precipité comprando Riverview. ¿Cómo pude decidir tal inversión sin contemplar esa variable? ¿Cómo pude olvidar que estoy sola sacando adelante a dos niños que apenas ven a su padre? Es urgente. Debo conocer gente nueva en otra parte. Moverme en otros círculos y encontrar a alguien que sepa hacerme las preguntas adecuadas. A alguien que me escuche. A un hombre bueno que me abrace fuerte. Espero no tener que recurrir a Tinder, pero nunca se sabe...».

En algún momento debí de quedarme dormida otra vez, porque, cuando sonó la alarma, me desperté con un tremendo dolor de cabeza. La lluvia había dejado paso a una niebla densa.

Apenas se alcanzaban a ver los árboles frente a mi ventana. Bajé por un café a la cocina y me encontré a María terminando de preparar el desayuno.

—¿Se encuentra bien, señora Sara?

—Ha sido una noche terrible. He tenido una pesadilla dormida y una docena despierta. Me he pasado las horas dando vueltas en la cama.

Los chicos llegaron en pijama a la mesa, aún adormilados, arrastrando las zapatillas.

—Hola, mami, ¿vas a venir esta tarde al paseo por el bosque? —preguntó James.

—No sé de qué paseo me hablas.

—¿No te acuerdas? El paseo que ha organizado John para sus hijos y nosotros —comentó Oliver.

—Solo tengo un vago recuerdo de que ayer hablaron de un paseo, pero desconozco los detalles. En cualquier caso, miren por la ventana. Con este clima no van a ninguna parte.

—¿¡Qué!? —exclamó James descorazonado.

—¿Y, entonces, para qué se inventaron los chubasqueros y las botas de agua? —dijo Oliver.

—Me da igual para qué se inventaron ni quién los inventó. Ustedes no van con este clima a ninguna parte. No quiero que se constipen y luego pierdan una semana de clases.

—¡Pero, mamá! —insistió James pateando el suelo.

—A mí me da igual lo que digas, yo pienso ir —dijo Oliver desafiante mientras se levantaba del desayuno arrastrando bruscamente la silla.

—¿Qué ha dicho? —pregunté lentamente.

—Y, si es preciso, me escaparé por la ventana —dijo marchándose de la cocina. James hizo un conato de seguirlo, pero yo sujeté su brazo a la mesa con una mano y grité:

—¡Oliver, venga aquí inmediatamente!

Por un momento, no se oyó nada. Luego, unos pasos dubitativos, al principio alejándose y luego acercándose a la cocina. Finalmente, Oliver se asomó por el umbral de la puerta.

—¿¡Qué clase de insolencia es esta!? ¡No vuelva a hablarme así! Siéntese ahora mismo a la mesa y acábese el desayuno. Hoy no van al bosque ni a ninguna parte. Se quedan en su habitación todo el día. Esta vez voy a pensarme bien el castigo. Iré a contárselo más tarde. De momento, María, tráigame sus *tablets*. ¿¡Y usted por qué se quita el implante!? —pregunté a James golpeando la mesa con la mano.

—Porque no me gusta cuando te enfadas.

María regresó con las *tablets*. Las puso cuidadosamente sobre la mesa y luego me dejó un analgésico en un platito y un vaso con agua. Le di las gracias con un breve gruñido nasal, me lo tomé y fui a encerrarme a mi habitación, donde me pasé la mañana comprando *online* cosas que no necesitaba. Poco antes de almorzar, el sol empezó a filtrarse tímidamente a través de las nubes. La lluvia de la noche había terminado de limpiar de hojas las ramas de los árboles, que se asomaban austeros entre las brumas. Un discreto toc, toc sonó en mi puerta.

—Señora Sara, le traigo un sobre. Wilson me ha dicho que una niña lo ha dejado hace un rato en el buzón y se ha marchado sin decir nada.

Era un viejo sobre marrón sin más señas que un «Para Sara». Dentro había una hoja de cuaderno arrancada y doblada por la mitad. Estaba escrita con un lápiz de carpintero y una letra de trazos firmes. Decía así:

*Sara:*

*Espero que puedas perdonarme.*

*Soy un bruto. A veces no sé qué me pasa.*

*John*

Durante unos minutos, me quedé paralizada en la silla, rebobinando las últimas horas. Cuando logré recomponerme, fui a ver a los chicos. Entré en su habitación y los encontré leyendo un libro, cada uno tumbado en su cama. No movieron un músculo al oírme entrar, castigándome con su indolencia. Me senté junto a Oliver.

—He venido a deciros una cosa.

—¿Ya has decidido el castigo? —preguntó sin apartar la vista de su libro.

—Vengo a pediros perdón —dije tratando de contener la emoción que se levantó inesperada dentro de mí, como una ola que venía del pecho y avanzaba hasta la garganta.

James se incorporó apoyándose en un codo y cerró su libro con un dedo dentro para marcar la página.

—Vengo a deciros que soy una bruta. Que a veces no sé lo que me pasa —apenas alcancé a decir, y dos lágrimas se asomaron en mis ojos y, de repente, desbordaron bajándome por la cara, salvajes, sin control, hasta quedarse prendidas en mi suéter, como perlas brillantes que traen un mensaje y que, solo cuando lo has entendido, se marchan silenciosamente entre las fibras de lana.

—Mami, no llores —dijo James, y vino raudo a sentarse a mi lado.

—Mami, ¿me perdonas? —dijo Oliver sentándose al otro, y así nos quedamos los tres, abrazados, sin decir nada, mirando por la ventana.

—Chicos, se ha quedado una tarde preciosa. Una tarde como para pasear por el bosque —propuse pasado un rato.

—¿Para pasear por el bosque? —preguntó James incrédulo mirando a Oliver.

—Poneos las botas de agua, salimos en diez minutos —dije levantándome enérgicamente de la cama, y ellos se miraron con cara de «no entiendo nada».

Cuando llegamos, John y sus hijos ya habían entrado en el bosque, que se extiende por un trecho junto a un embalse y acaba en el Támesis. El cielo se había despejado por completo, y el sol se filtraba entre los árboles, que emergían hieráticos desde una alfombra de hojas. Nos adentramos en el bosque por una plataforma hecha con listones de madera que lo atraviesa de un extremo a otro. Las voces de los hijos de John nos llegaban erráticas entre los árboles. Cuando nos encontramos, los gemelos corrieron a abrazar a los monstruos como si no se hubieran visto en un año. John llevaba a Jasper subido a los hombros. Él y yo nos saludamos como si tal cosa y, en ese momento, sentí que su disculpa, expresada en un pedazo de papel y aceptada con mi presencia en el bosque, había esfumado con una facilidad imprevisible lo que sucedió la noche anterior, igual que el fuego extinguió los troncos que pusimos juntos en la chimenea.

—¡Chicos, mirad lo que he encontrado! —gritó Martha, y todos acudieron corriendo entre los árboles. John y yo llegamos un minuto más tarde y los encontramos formando un círculo.

—¡Es un zorro! —anunció James.

—Ha caído en una trampa —dijo Oliver.

—Podemos llevárnoslo a casa —propuso Junior.

—Y luego vender la piel —añadió Tim.

—Me pido matarlo —dijo Jim apuntándole con una escopeta imaginaria.

—Sois unos salvajes —se quejó Martha.

—Apartaos, dejadme ver —dijo John agachándose a examinar una estructura hecha con alambres trenzados mientras el zorro trataba, asustado, de escapar excavando con sus pezuñas en la tabla que la soportaba.

—A mí me parece una belleza. ¿Es peligroso? —pregunté.

—Probablemente es más peligroso quien puso esta trampa. Están prohibidas. Debe de haber sido un cazador furtivo —me explicó.

—¿Y qué hacen con ellos?

—Los matan y luego venden la piel por unas veinte libras.

—Abramos la jaula y dejémoslo libre —propuso Martha.

—Pero antes hagámosle una foto. Podría servir para encontrar al culpable —dijo Junior.

Saqué mi celular y le hice varias, e incluso grabé un vídeo de cómo lo liberamos. Martha abrió la compuerta, y el zorro salió corriendo, levantando a su paso la hojarasca. De repente, se detuvo un momento para mirarnos y siguió de nuevo hasta que perdimos su pelaje rojo entre los árboles.

Ya de vuelta a la entrada del bosque, John me preguntó:

—¿Es ese el celular de anoche?

—Lo es. Increíblemente, la funda lo protegió y solo se le astilló una esquina de la pantalla.

—Te pagaré la reparación, entonces.

—Es un arreglo sencillo. Basta con que vendas una piel de zorro —le dije, y, por primera vez, le oí soltar una carcajada.

—Lo digo en serio, ya me dirás cuánto es.

—No te preocupes. Prefiero conservarlo así, con una herida de guerra.

John tenía su camioneta a la entrada del bosque. Nosotros habíamos ido caminando desde Riverview. Nos propuso acercarnos, y le dije:

—De acuerdo. Yo iré afuera con los chicos.

Junior se sentó delante, Martha y Jasper en los asientos de atrás y John fue ayudando a los gemelos y a los monstruos a subirse en la plataforma metálica. Cuando me llegó el turno, también me tendió la mano y creo que los dos nos dimos cuenta de que esa era la primera vez que nos tocábamos. Al arrancar la camioneta, todos subimos las cremalleras de nuestros abrigos. Luego sentí el aire frío en la cara y guardé mis manos en los bolsillos. El sol ya se había puesto cuando nos dejó en la reja de Riverview y las luces exteriores ya estaban encendidas, iluminando la casa bajo un cielo azul oscuro, limpio y estrellado. Esa noche, por primera vez, sentí que regresaba a mi propia casa.

Después de cenar, cuando los chicos ya estaban acostados y las luces apagadas, me acurruqué de lado en mi cama, cerré los ojos y me dije:

—Después de la tormenta, siempre llega la calma.

La calma apenas duró unos días. Mi abogado me convocó a su oficina para un asunto urgente.

—Sara, me temo que Marcus ha optado por defenderse con un ataque. Su abogado me comunicó ayer que ha rechazado el acuerdo de un millón de libras que les propusimos. Al parecer, Marcus no quiere ni oír hablar de conciliación. Niega rotundamente que hubiera acoso y van a acusarte de incumplimiento del acuerdo por la venta de la empresa.

—No puedo creerlo… ¿Y eso qué implica, señor White?

—En pocas palabras, te acusan de marcharte injustificadamente de la empresa dos años y medio antes de lo acordado y, por tanto, reclamarán que devuelvas la parte proporcional de tu bonus: unos siete millones de libras.

—¡Maldito bastardo! ¿¡Y qué hay de todas las pruebas!?

—Puedes estar tranquila, Sara. Nuestro informe pericial será contundente. Hemos solicitado el vídeo del circuito de seguridad del Hotel Marriott en Shanghái. La escena del ascensor es inequívoca.

—¿Y cuál es el próximo paso?

—Por tu parte, esperar. Solo quería actualizarte sobre cómo va el proceso. Tomará meses. Así que, por hoy, solo me queda desearte que tengas una feliz Navidad.

Salí de la oficina furiosa y puse rumbo a Riverview como huyendo de un tornado. Durante el trayecto, insulté a conductores, grité de rabia y maldije al policía que me detuvo a medio camino para ponerme una multa; bien merecida: iba a ciento sesenta y seis kilómetros por hora. Luego intenté calmarme con un *playlist indie* y lloré a todo volumen, como una niña.

Cuando llegué a Cumnor, vi la camioneta de John en The Bear y decidí entrar para echar un vistazo, más por curiosidad que por otra cosa. Sorprendentemente, Barty no estaba. George andaba limpiando la barra con un trapo, y John hacía anotaciones en una vieja libreta en la mesa junto a la ventana. Tenía una cerveza delante, pero aún no había bebido nada.

—John, qué sorpresa —dije al verlo.

—Hola, Sara. ¿Qué te trae por The Bear esta mañana?

—Vengo de una reunión en Londres. Me detuve al ver tu camioneta. Pero, ya que estamos, voy a tomarme una pinta. Necesito olvidar esta mañana. ¿Y a ti qué te trajo?

—No hay mucho trabajo últimamente. He venido a hacer unas llamadas. A recordar a mis clientes que estoy disponible.

—¿Te molesta si me siento?

—Adelante —dijo haciendo un gesto a George para que me sirviera una cerveza.

—The Bear está tranquilo a estas horas. Parece el lugar adecuado para hacer llamadas. Cuando trabajaba en Londres, yo a veces hacía lo mismo, me escapaba de la oficina a un *pub* cercano para trabajar sin distracciones.

—Yo no vengo por eso.

—¿Por qué vienes, entonces?

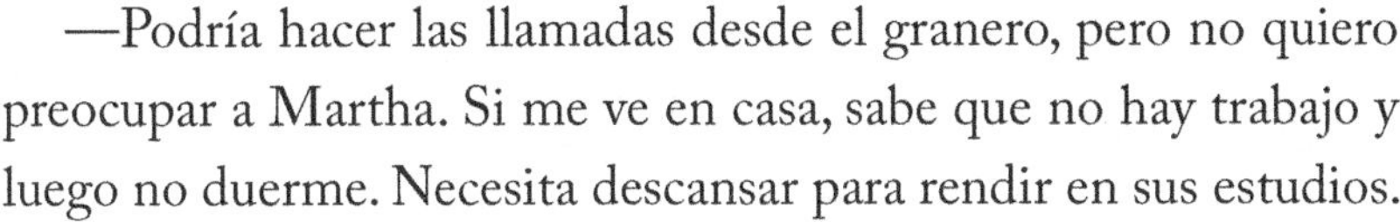

—Podría hacer las llamadas desde el granero, pero no quiero preocupar a Martha. Si me ve en casa, sabe que no hay trabajo y luego no duerme. Necesita descansar para rendir en sus estudios.

—Pobrecilla, ¿no es demasiado joven para llevar tanto peso?

—Dios sabe que lo es. Y también, que puede llevarlo. Pero no te preocupes. Confío en que pronto me llegará otro encargo. No es la primera vez que paso por esto.

—John, ¿te puedo hacer una pregunta?

—Ya me la estás haciendo.

—Pero sin que mi celular corra el riesgo de volar por los aires —dije poniéndolo en el centro de la mesa.

John me miró fijamente por unos segundos, calibrándome. Luego observó mi celular. Vi cómo se fijaba en la esquina rota. Volvió a mirarme con sus ojos glaciales.

—Adelante —dijo apoyando la espalda en el respaldo de su silla y cruzando los brazos.

—¿Tú por qué pintas?

Se tomó un tiempo en responder.

—Aún no lo sé.

—¿Aún no lo sabes? —repetí dejando sus palabras suspendidas en el aire.

—Sí sé para quién.

—¿Para ella?

—Para Claire.

—Apuesto a que estaría orgullosa de cómo estás sacando adelante a vuestros hijos.

Respiró profundo y cerró los ojos. Luego miró por la ventana. Gotas de agua empezaron a tocar los cristales, arrítmicas, cada vez más fuerte, cada vez más rápido.

—Espero que lo esté —dijo como si estuviera allí mismo, sentada invisiblemente junto a nosotros.

Se quedó un rato en silencio, rozando la mesa con las yemas de los dedos, mirando a ninguna parte. Sentí cómo nuestras respiraciones se acompasaban. Luego dio el primer trago a su cerveza.

—¿Qué decía Claire de tus cuadros?

—Le gustaban.

—A mí también me gustan.

John asintió brevemente, sin decir nada.

—Y a mi amigo Peter le parecen muy buenos —dije poniendo la mano sobre mi celular.

—Tu amigo Peter puede irse al cuerno, por lo que a mí respecta —respondió mientras apretaba su mano sobre la mía.

La puerta de The Bear se abrió abruptamente y apareció Barty con su sombrero chorreando agua.

—Alabado sea Dios. Si fuera el padre Taylor, bendeciría ahora mismo este matrimonio —dijo haciendo una cruz en el aire—. George, sirve una ronda a mi cuenta.

Barty nos entretuvo un rato con sus historias. Cuando amainó la lluvia, John y yo nos marchamos. Ya con un pie en su camioneta, me preguntó:

—¿Y a ti qué te ha pasado esta mañana?

—Que me han recordado cuánto valgo.

—No sabía que estabas a la venta.

—Me temo que lo estuve. Es una historia larga. Pero ya solo queda cerrar los últimos flecos.

—¿Y has conseguido olvidar esta mañana?

—Solo la mitad —dije mientras entraba en mi carro.

Al llegar a Riverview, encontré a María en los fogones.

—María, ¿qué es eso tan delicioso que está cocinando?

—Un ajiaco al estilo de su abuela.

—Justo lo que hoy necesitaba.

—¿Y a usted cómo le ha ido, señora Sara? —me preguntó secándose las manos con un trapo.

—Si tuviera que hacer balance, diría que ha sido una mañana espléndida.

Diciembre trajo un frío polar y la emoción de celebrar la Navidad en Riverview. Wilson se encargó de poner las luces al árbol, un viejo ciprés ubicado en la fachada principal. Oliver y James ayudaron a decorar cada habitación de la casa con todo lo que dejó organizado en cajas la señora Brooks. Yo estaba encantada de recibirla, pero no de coordinar su estancia con el quisquilloso señor Bell. Su llegada estaba prevista para el día de Nochebuena, y María y yo le habíamos preparado una habitación en la planta baja para facilitar su movilidad. Pero, unos días antes, el señor Bell se presentó por sorpresa en Riverview. Lo trajo el chófer de la señora Brooks en un Bentley clásico que hacía girar más cabezas que Marilyn Monroe visitando a las tropas. Wilson le abrió la puerta y tocó el timbre tres veces para alertarnos de una visita inesperada, según nuestro código de comunicación. Yo estaba en mi clase de pilates, pedí a mi entrenadora virtual que me excusara unos minutos y bajé a la entrada principal, donde me encontré con María. El señor Bell esperó a que le abriera la puerta el chófer y se bajó con ademán displicente y su atuendo funerario.

—Veo juguetes tirados por el jardín. Algo insólito en esta casa —dijo quitándose los guantes.

—Qué sorpresa, señor Bell. ¿Qué le trae por Riverview?

—He venido a inspeccionar que todo esté listo para recibir a la señora Brooks.

—No era necesario que se tomara esa molestia. Todo está preparado según sus especificaciones.

El señor Bell pasó entre nosotras y se detuvo en el recibidor mirando a ambos lados.

—¿Necesita algo, señor Bell? —preguntó María.

—Un mayordomo que recoja mi abrigo.

—Puede dejarlo en esa silla. No merece la pena guardarlo tratándose de una visita breve —le dije mientras me secaba la frente con la toalla que llevaba al hombro, y vi que el señor Bell encogió su bigotillo con un gesto de repugnancia.

—Observo que han cambiado la decoración de la casa —dijo pasando al salón sin pedir permiso—. Es una pena que hayan sustituido un magnífico cuadro de Oxford por esos garabatos de algún gamberro.

—Es de Banksy, un renombrado artista urbano.

—Banksy. Tiene sonoridad. Parece un nombre comercialmente adecuado —dijo en tono burlón.

—Señor Bell, no tengo toda la mañana para hacerle un *tour* por mi casa. Si no le importa, vayamos al grano.

—De acuerdo. Procedamos —dijo desdoblando un papel que sacó del bolsillo de su chaqueta—: veo que han colocado las rampas que indiqué para salvar los escalones de la entrada y los de acceso al ala de invitados.

—Así es. Precisamente allí hemos instalado la habitación de la señora Brooks.

—Me temo que este es el asunto que me inquieta. Llevo tres noches sin dormir pensando en que no es apropiado alojar a la señora Brooks en el ala de… invitados —dijo agitando la mano con desdén—, siendo ella quien construyó Riverview cuando Cumnor no era nada, solo unas casas de gentes de campo, a pesar de que su historia se remonta hasta la Edad Media. Según un viejo manuscrito de hace casi mil años, el nombre original era Comenore…

—Señor Bell —lo interrumpí—, no es necesario que me ilustre con la historia de Cumnor. Ya la he leído. ¿Qué problema le ve al ala de invitados?

—La señora Brooks siempre vivió en el segundo piso.

—¿No estará pensando en que se aloje en mi propia habitación?

—No, en absoluto. Especialmente si la ha decorado igual que el salón. Estaba pensando más bien en la habitación con orientación al este.

—Esa es la de mis hijos.

—Oh, qué contratiempo. Aunque tal vez a ellos les divierta mudarse al ala de invitados por unos días. Eso es lo que necesitan los niños, una medida dosis de diversión.

—Señor Bell, ¿tiene alguna otra sugerencia?

—Recuerden que la dieta de la señora Brooks es muy estricta. Nada de carnes rojas; abundante pescado blanco, verdura, legumbres y tubérculos; tres raciones de fruta al día, preferiblemente entre horas; también pueden servirle alguna vez un poco de aguacate o unos frutos secos; los lácteos deben ser desnatados…

—Todo eso ya está organizado, ¿qué más? —le corté en seco.

—La habitación de su enfermera debe estar cerca para que pueda atenderla inmediatamente en cualquier momento del día o de la noche —dijo ajustándose las gafas.

—Listo, ¿algo más?

—No olviden sus sábanas de hilo y sus juegos de toallas bordadas con el sello de Riverview —concluyó doblando otra vez el papel y guardándoselo meticulosamente en el bolsillo.

—Gracias. No queremos entretenerlo más, tendrá cosas que hacer en Londres. María, ¿sería tan amable de acompañar al señor Bell a la puerta? —dije mientras subía las escaleras y alcancé a oírle:

—Confío en que cambiarán la habitación para la señora Brooks. Tiene la salud muy delicada. Es imperativo ahorrarle el menor disgusto.

Más tarde, María vino angustiada a preguntarme:

—¿Qué hacemos con la habitación, señora Sara?

—Absolutamente nada. No se preocupe por eso. Yo me encargaré de manejarlo.

Cuando a los chicos les dieron las vacaciones de Navidad, fuimos a pasar una tarde a Londres. Ellos invitaron a los gemelos, y yo me llevé a María para entretenerlos mientras les compraba sus regalos. La ciudad era un festival de luces. Estrellas, coronas y pavos reales flotaban centelleantes sobre las calles. Grandes árboles de Navidad presidían las plazas y arbolitos inventados decoraban las tiendas y los escaparates. Los había hechos de sombreros, de paraguas, de zapatos de tacón y hasta de copas de *champagne*. Pero el que fascinó a los chicos fue uno de lingotes de chocolate que vimos en Covent Garden. Le estuvieron dando vueltas como hechiceros en danza. Luego los dejé en el cine con María y les dije que iba a hacer unas gestiones. Ni sospecharon que fui a comprar sus regalos. Dos horas después, regresé de Regent Street cargada con bolsas que dejé en el maletero del carro y los llevé a devorar hamburguesas a un restaurante para niños. De regreso a Cumnor, observé por el retrovisor que se repartían algo.

—María, ¿usted ha comprado algo a los chicos?

—No, señora Sara.

—Chicos, ¿qué están comiendo? —dije bajando el volumen de la música que veníamos escuchando. No hubo respuesta. Apagué la música.

—Chocolate —dijo James.

—Es un lingote del árbol —se apresuró a confesar Oliver para evitar que la tormenta tomara fuerza.

—Yo fui quien tuvo la idea —precisó Tim.

—¿Se lo vas a decir a mi padre? —preguntó Jim.

—No. Pero con dos condiciones —respondí dejando pasar unos segundos y vi por el retrovisor que abrieron sus ojos como cuatro cervatillos deslumbrados por unos faros en mitad de la carretera.

—Que sea la última vez... y que me deis un trozo —concluí, y les dio esa risa nerviosa del que ha hecho una travesura o está a punto de hacerla.

Al día siguiente fui a repostar a la gasolinera. Mientras buscaba mi cartera en el bolso, oí un par de golpes en la ventanilla.

Me volví y vi a John con su parka de ante y el pelo revuelto por el viento. Le abrí, y, antes de que yo lograra saludarlo, me dijo muy serio:

—Quedas detenida.

—¿Por qué? —pregunté atónita.

—Por robar chocolate —respondió impertérrito.

—En realidad no fui yo quien lo robó —dije en mi descargo.

—Tu delito es más grave: fuiste cómplice de unos menores.

—¿Vas a llevarme a los tribunales?

—No si me invitas a un café. Hay algo que quiero preguntarte.

Compré dos cafés en la gasolinera. Nos los sirvieron en vasos de cartón con unas tapitas de plástico. El viento agitaba los árboles junto a la carretera y también nuestros abrigos. Un frío húmedo y desapacible se colaba por las fibras de la ropa hasta llegar a los huesos. Nos resguardamos en su camioneta. Vi una foto de Claire junto a la caja de cambios. Llevaba un sombrero de paja y mechones de pelo le caían por la cara. Tenía un vestido color marfil, el mismo que llevaba Martha aquel día en el que me dijo que su padre era pintor. Claire estaba recogiendo flores en una cesta. John debió de decirle algo al tomar la foto, porque ella tenía una sonrisa que desarmaría a un buque de guerra. El papel había perdido color y los contornos empezaban a difuminarse, pero la mirada de Claire permanecía nítida, inmutable, como si el sol y el tiempo no fueran capaces de borrarla. John se dio cuenta de que me fijé en la foto y de que yo me había dado cuenta de que él se había dado cuenta.

—He pensado en lo que me contaste de tu amigo —dijo tras probar el café y dejarlo sobre el salpicadero. Yo preferí sujetarlo con ambas manos para calentarlas.

—¿De qué amigo? —pregunté sabiendo a quién se refería.

—Del galerista.

—¿Y qué has pensado?

—¿Crees que podría venderme algún cuadro en los próximos días?

—¿Por qué quieres venderlos ahora? —pregunté girándome en el asiento. Él siguió mirando al frente, hacia algún lugar más allá de los árboles.

—Necesito dinero.

—¿Necesitas dinero?

—Lo necesito ahora.

—¿Puedo preguntar para qué?

John se pasó la mano por el pelo. Tenía ojos de no haber dormido bien desde hacía días.

—Quiero comprar a mis hijos un regalo de Navidad. Pero ahora no puedo. Estoy a la espera de un trabajo que llegará a principios de año.

—Me pregunto para qué sirven los regalos. Yo he hecho muchos en mi vida. A mis hijos les he comprado más de los que puedo recordar. Y ahora están repartidos entre su cuarto de juegos y en cajas almacenadas en la buhardilla. También llevo regalos cuando me invitan a bodas y a cumpleaños. Incluso solía hacer regalos a clientes especiales. A veces pienso que son un gasto inútil, un despilfarro orquestado por las marcas. Pero luego caigo como una tonta y hago compras impulsivas. Sobre todo ahora que es tan fácil. Haces clic, clic, y, al día siguiente, un repartidor deja en tu puerta una caja. ¿Qué piensas tú de los regalos?

—Que son necesarios.

—¿Necesarios? —pregunté incrédula.

—Nos recuerdan que las cosas importantes se nos dan sin merecerlas.

—¿Por ejemplo?

—La vida, un amigo… —Se detuvo.

—Sigue —le pedí.

—Un rayo inesperado de sol en la espalda. Ahora tú.

—El aroma de una flor. Un plato exquisito. Un río. Un beso. Una carta.

—¿Podrías vivir sin todo eso? —preguntó como si ya supiera mi respuesta.

—Podría, pero sería muy desdichada.

—Desdichado es quien no ve los regalos que Dios le entrega.

—A mí Dios me parece incomprensible: hace un reparto muy desequilibrado.

—Quizá te falte fe.

—Los que tenéis fe no parecéis menos desdichados que los que lo ignoramos. Yo no soy precisamente una mística. Prefiero vivir en el presente.

—Entonces puede que te falte esperanza.

—Y a ti, dinero para comprar regalos.

—Cierto. A todos nos falta algo.

John volvió a pasarse la mano por el pelo con gesto preocupado. Luego bebió otro sorbo de café. De repente, sus rasgos se endurecieron y sentí su respiración entrecortada, como si hubiera descubierto al final del bosque un acantilado.

—No puedo dejar a mis hijos sin regalos. No puedo preocupar así a Martha. Hace unos días me dijo que este año ella no quiere ninguno, que no le hace falta nada.

Se detuvo un momento, y vi que su nuez subía y bajaba. Continuó:

—¿Cuándo podrías hablar con tu amigo?

—No hace falta.

—¿Por qué? —dijo ahora girando la cabeza para verme.

—Los regalos de tus hijos ya están comprados.

John se quedó en silencio, con la mirada perdida, como si no fuera a pronunciar una sola palabra más en el resto de su vida. Ráfagas de viento golpeaban la carrocería oxidada de la camioneta, haciéndola temblar erráticamente.

—¿Por qué lo has hecho? —preguntó.

—No lo sé. Quizá porque me hubiera costado más no hacerlo.

John salió de la camioneta y caminó hacia los árboles. Se detuvo un momento, y vi que agachaba la cabeza y se tapaba los ojos con una mano, como si tratara de contener algo. Salí yo también y me quedé a unos metros, indecisa. Esperé un rato. Luego me acerqué lentamente y le puse una mano en el hombro. Él me miró con ojos cansados y dijo con el desgarro de un juramento:

—Te devolveré cada penique que hayas gastado.

Luego regresó a la camioneta, prendió el motor mientras cerraba la puerta y se fue rugiendo por la carretera.

Esa noche, antes de apagar la última luz de Riverview, la de la mesa junto a mi cama, me acordé de mi abuela. Cuando me quedaba a dormir en Llanogrande, ella siempre venía a darme un beso de buenas noches justo antes de acostarse. Yo lo sabía y la esperaba despierta. Se sentaba en el lado de la cama que yo le tenía reservado y rezábamos juntas por la familia y por los necesitados. Entonces le dije:

—Abu, hace tanto que no hablamos... Me han pasado muchas cosas estos años. Quisiera poder contártelas todas. Pero necesito saber que estás a mí lado, que me escuchas. Necesito volver a oler el aroma a orquídea impregnado en tu vestido. Necesito tus besos en la frente y sentir que me aprietas la mano y me dices: «Todo irá bien, mi hija».

Clic.

Andre, debo admitir que, el día de la llegada de la señora Brooks, yo andaba inquieta. Había revisado cada detalle con María. A los chicos les dejé la ropa que debían ponerse en sus camas: pantalones de pana *beige*, camisas de cuello Mao, chalecos rojos, austriacas verdes y botines de ante. Unos minutos antes de la hora prevista para la llegada de la señora Brooks, los vi pasar desde mi ventana con sus bicicletas. En alguna parte de mi cerebro, se encendió un piloto de alerta, pero me distraje retocando mi peinado, fui a echar un último vistazo a la habitación de la señora Brooks y, de repente, sonó el timbre de la reja de entrada.

La comitiva llegó a la hora exacta. Salí a recibirla a la puerta, y María apareció un minuto después con los chicos, que se quedaron algo detrás de mí. El señor Bell venía en el asiento de atrás del Bentley, y la señora Brooks, en un vehículo adaptado para su silla de ruedas, acompañada por una enfermera. Con la supervisión del señor Bell, los conductores ayudaron a desplegar la rampa para bajar la silla de la señora Brooks. Traía un abrigo de visón, guantes de piel y una sonrisa radiante.

—Bienvenida a Riverview, señora Brooks.

—Oh, Sara. Muchas gracias por invitar a tu casa a esta pobre anciana.

La enfermera, una joven redondeada y pelirroja, acercó cuidadosamente por el camino de grava la silla de la señora Brooks hasta que ella le indicó que se detuviera haciendo un gesto con la mano.

—Creo que aquí no me hará falta este artefacto con ruedas. Esta casa me llena de energía —dijo levantándose con un vigor insospechado.

—Id a acompañarla —dije a los chicos, y ellos se quedaron inmóviles como estatuas. Me giré y vi que María se mordió medio labio—. Vamos, chicos —insistí.

María les dio una palmadita en la espalda, y ellos avanzaron hacia la señora Brooks cabizbajos confirmando mi presagio: una franja de barro recorría sus austriacas. Miré a María, y me dijo tapándose la cara con una mano:

—Las bicis.

—Qué chicos tan simpáticos. Tú eras James, y tú, Oliver, ¿cierto?

—Sí, señora Brooks —contestó Oliver con una amabilidad inusual, tratando de ganar los puntos que habían perdido con las manchas de barro.

—Mami, ¿la llevamos a su habitación? —propuso James con cara de angelito intentando también que me olvidara del estropicio.

—Oh, qué adorables tus hijos, Sara. Yo estaría encantada de ir tan bien acompañada.

—Por cierto, señora Brooks, respecto a su habitación, hemos valorado diversas opciones…

—¡Es la más grande del ala de invitados! —me interrumpió impetuoso James.

—Señora Brooks... —interpuso el señor Bell acercándose por detrás con un dedo levantado.

—¡Una idea magnífica! ¡Me encanta esa habitación! —dijo ella con un entusiasmo que sorprendió a todos.

—No se hable más, chicos, acompañad a la señora Brooks al ala de invitados —dije, y envié una sonrisa al señor Bell, que se retiró refunfuñando. Luego miré a María y vi que apretó los labios hacia dentro para aguantar la risa.

Cuando terminé de ayudar a la señora Brooks a instalarse en su habitación, le comenté:

—Quisiera hacerle una consulta. Dígame con toda confianza: ¿tendría inconveniente en que María nos acompañe esta noche en la cena? Lleva casi una década cuidando de nosotros. Es parte de esta familia.

—Por supuesto. Estaré encantada. Cuidar de otros es el trabajo más importante del mundo. Es algo que lamento haber descubierto muy tarde, ahora que soy una anciana.

—Estupendo. Le dejo que descanse un rato —concluí dirigiéndome a la puerta de la habitación.

—Sara, yo también tengo algo que pedirte. No creo que sea necesario que la enfermera me acompañe estos días. Esa pobre chica merece pasar la Navidad con su familia. ¿Podrías coordinar que regrese a Londres con el señor Bell?

—Inmediatamente, señora Brooks.

—Y, por cierto, olvidad lo que os haya dicho sobre mi régimen. Comeré lo que todos. No quiero daros más trabajo.

—No se preocupe, no es ninguna molestia.

—Gracias, pero necesito un respiro. El señor Bell es un hombre leal, pero de un rigor insoportable —dijo mirando hacia arriba con las manos juntas, como pronunciando una plegaria.

A la hora acordada, nos encontramos en el salón mientras María terminaba de preparar la cena. Wilson había dejado la chimenea encendida y dos barreños repletos de leña antes de marcharse a su casa a celebrar la Navidad. La señora Brooks llegó con un vestido de encaje gris perla, yo me atreví con uno rojo cereza y a María le pasé uno azul niebla que le quedó como nuevo tras abrirle un poco el talle y subirle el bajo. Parecía que lo hubiera llevado a un taller de alta costura, pero lo hizo con esas manos que Dios le ha dado. Cuando los chicos aparecieron de chaqueta y corbata, la señora Brooks dijo:

—Ojo con estos chicos tan terriblemente guapos, Sara. Antes de que te des cuenta, les saldrán novias hasta debajo de las piedras.

—Son terribles, señora Brooks, de eso no tengo duda —dije, y ellos me devolvieron una sonrisa pícara.

Cuando María nos indicó, pasamos al comedor. Dos candelabros de plata iluminaban la mesa, adornada en el centro con flores de Pascua sobre la mantelería de hilo de Riverview. María había preparado un pavo relleno de castañas, acompañado de una salsa de arándanos, patatas asadas con mantequilla y coles de Bruselas. Los chicos comieron deprisa, con ansia por irse a dormir para recibir cuanto antes sus regalos al día siguiente.

—Chicos, tengo una noticia mala y una buena. ¿Por cuál queréis que empiece? —les pregunté.

—Por la mala —propuso Oliver desganado.

—Este año, Santa Claus vendrá mañana por la tarde —dije desencadenando una tragedia griega.

—¡Nooo, mami! —dijo James compungido.

—¿¡Pero por qué!? —se quejó Oliver.

—Tranquilos, ahora viene la buena: porque Santa también traerá a casa los regalos de los hijos de John, y le queda mejor venir por la tarde —dije transformando en un instante su tragedia en una celebración, a la que María contribuyó trayendo el postre: pudin de ciruelas para los mayores y, para ellos, dos tartaletas de manzana con bolas de helado, una de vainilla y otra de chocolate. Al terminársela, James preguntó de repente:

—Señora Brooks, mamá nos contó que usted se está muriendo, ¿es cierto? —sus palabras se quedaron impertinentes en el aire, como dos botas colgando de un tendido eléctrico.

—¡James! —dije muriéndome de vergüenza.

—Hijo, lo que te contó tu mamá es cierto. Esta pobre anciana está en la recta final de su vida. Pero puedes estar tranquilo, es una recta muy larga —dijo poniéndose la mano de visera y entrecerrando los ojos. Y todos estallamos en una carcajada.

—Contadme cosas, ¿cómo os va en el colegio? —propuso la señora Brooks. Oliver fue quien se lanzó esta vez:

—Nos va muy bien. La profesora que más nos gusta es la señorita Joy, porque nos saca mucho de clase.

—¿Ah, sí? ¿Y qué os enseña? —preguntó la señora Brooks.

—Literatura. El otro día nos llevó a Oxford, a su universidad. Después de comer, fuimos de visita a su *college* y entramos en los dormitorios.

—¿¡Que os llevó a los dormitorios!? —pregunté sorprendida.

—En realidad, eso no era parte de la visita, pero vimos una puerta abierta y entramos a echar un vistazo. Las camas son muy ruidosas. Deberían cambiarlas.

—Ya le advertí que son terribles —dije echándome las manos a la cabeza.

—Terriblemente encantadores. ¿Y adónde más os ha llevado?

—Al parque, a museos… Es muy divertida, aunque un poco rara. No soporta las faltas de ortografía. Dice que nunca se casaría con alguien que tenga mala letra.

—Un criterio muy restrictivo, ahora que todo el mundo anda con esos teléfonos grandes. ¿Cómo se llamaban?

—*Smartphones* —respondió James.

—Pero me parece bien ser exigente al buscar al hombre con quien compartir la vida.

—¿Qué criterios de elección recomendaría usted, señora Brooks? —aproveché para preguntarle.

—Que sea bueno, leal, inteligente y fuerte —dijo como si la respuesta la tuviera desde hace años.

—Lo tengo todo —dijo Oliver sacando músculo y dando un puñetazo a su hermano en el brazo.

—¡Au! —se quejó James.

—Hijo, sobre todo tienes una madre extraordinaria. Pero la fortaleza se prueba más recibiendo golpes que dándolos.

Al día siguiente, pedí a María que distrajera a los chicos durante una hora y dejé los regalos distribuidos por el salón. Aunque no había comprado regalos únicamente a los hijos de John; para él también tenía una sorpresa. Cerré la puerta y anuncié a Oliver y a James que solo podríamos abrirla cuando llegara John con sus hijos. Desde mi habitación, vi que fueron a esperarlos a la reja de entrada. Estaban tan nerviosos que Dark y Grace entraron en resonancia agitando la cola y ladrando como cuando Wilson les trae huesos. Poco después, la camioneta apareció por el camino y empezaron a saltar dando palmas. Cuando bajé, ya estaban todos revoloteando como colibrís en la puerta del salón. John llegó un poco más tarde, y me pareció que se entretuvo en la cocina para decir algo a María.

Al abrir la puerta, entraron en estampida y empezaron a desenvolver los regalos, que estaban agrupados junto a letreros con el nombre de cada uno. A Jasper le tocó un disfraz de superhéroe, que se puso inmediatamente, y un patinete con el que empezó a dar vueltas por el salón. Para los monstruos y los gemelos había unos suéteres a juego de estilo alpino y cuatro pequeños drones que, en menos de un minuto, sobrevolaban nuestras cabezas.

—¡Chicos, tened cuidado! —les advertí.

—No había visto nada igual desde la batalla de Inglaterra —dijo la señora Brooks.

A Junior le tocó un pantalón de faena como el de su padre y una caja de herramientas que capturó su atención por completo. A Martha le gustó tanto su cárdigan largo de lana que hubo que indicarle que aún le faltaba un paquete por abrir. Cuando vio su nueva *tablet*, miró emocionada a su padre y luego vino a darme las gracias. María abrió una caja que iluminó su rostro dos veces.

Primero, al ver unos elegantes zapatos de medio tacón y, luego, al comprobar que eran exactamente de su talla. Después abrió un sobre, lo leyó cuidadosamente y dijo con lágrimas en los ojos:

—Dios la bendiga, señora Sara. —Era un vale para viajar a Colombia con las millas que yo tenía acumuladas.

Pedí a todos un poco de calma y a los chicos, que aterrizaran sus drones para entregar su regalo a la señora Brooks. Era una caja de madera tallada para guardar pendientes y sortijas. Dentro había una sorpresa que Oliver y James llevaban preparando desde hacía semanas: una invitación al concierto de Año Nuevo que iban a dar en Riverview en homenaje a Robert, su marido.

—Hijos, venid aquí —dijo con la voz quebrada—. No hay nada que pudiera haberme hecho más ilusión que este regalo. No veo la hora de que llegue el concierto.

Luego le tocó al turno a John, que, por la cara que puso, no esperaba ningún regalo. Primero abrió un paquete grande: eran lienzos enrollados que palpó con cuidado y observó de cerca; luego desenvolvió otro con un juego de pinceles y también un maletín con un set de pinturas. Finalmente, me miró y asintió con un gesto de agradecimiento.

—Bueno, chicos, sacad los drones al jardín antes de que suceda un accidente —dije levantándome para concluir la ceremonia.

—Aún falta un regalo, señora Sara —dijo María entregándome un paquete de un metro por un metro que sacó desde detrás del sofá.

—¿Y esto para quién es? —pregunté sorprendida, y María miró a John, pero él no dijo nada. Solo me observaba, sentado en un sofá, apoyado en el reposabrazos y sujetándose la cabeza con la mano.

—No puedo creerlo. ¡Es precioso! —dije conmovida al abrirlo.

Era un cuadro con mis hijos. Estábamos los tres recostados en un árbol. Al fondo, se veía Riverview.

A la mañana siguiente, los chicos fueron a poner carteles por todo Cumnor anunciando la reinauguración del concierto de Año Nuevo. Cuando los vecinos supieron la noticia y que la señora Brooks estaba pasando la Navidad en Riverview, un revuelo de expectación se extendió por todo el pueblo. Los días previos se nos fueron volando entre ensayos y preparativos. Cuando quisimos darnos cuenta, llegó el gran día.

A Wilson le encargamos recibir a los invitados en la reja e indicarles que accedieran por la entrada principal, para lo que solo se requería un gesto amable con el brazo, que ensayamos convenientemente. Había que evitar confusiones inoportunas, como la del desembarco de nuestro camión de mudanza. Martha se ofreció para ayudar a María a preparar el cóctel que ofreceríamos tras el concierto. A los gemelos les encomendamos recoger los abrigos de los invitados y luego hacer de camareros. Junior y Jasper se encargarían de entregar a los asistentes el libreto del recital.

A las once y media de la mañana, la señora Brooks y yo acudimos a la puerta de la casa para recibir a los invitados. John prefirió quedarse ayudando en la cocina. La señora Atkinson y su esposo, un respetado médico de pelo blanco, fueron los primeros en aparecer y se entretuvieron un rato charlando con la señora Brooks. Mientras tanto, yo recibí al señor Murphy y a su menudísima esposa, que bien podría haberla traído en un bolsillo de su abrigo, de una talla colosal. Los gemelos tuvieron que recibírselo juntos y llevárselo como arrastrando un cadáver. Siguieron llegando vecinos a los que solo conocía de vista, profesores del colegio de los chicos y hasta el matrimonio pakistaní de la tienda de alimentación. La esposa debió de quedar agotada tras el esfuerzo de sonreírme por tres segundos. Pero esta incómoda bienvenida se me olvidó en un instante, cuando oí una inconfundible voz rasgada:

—Así se empieza un año, con un gran concierto —dijo Barty.

—De acuerdo —respondió George, que venía acompañándolo del brazo.

—Barty, ¡qué alegría verte! ¡Bienvenido a Riverview! —exclamé mientras me saludaba haciendo una reverencia con el sombrero en la mano.

—Sara, tengo una petición: que el concierto del próximo año empiece algo más tarde —propuso, y supuse que se había quedado celebrando el Año Nuevo hasta altas horas de la noche.

Luego vino una anciana vecina aún vestida de luto, después supe, por la muerte de su marido el año anterior. Me saludó con una discreción exquisita y excusó la asistencia del padre Taylor por encontrarse indispuesto.

Cuando llegó el resto de los vecinos, subí a buscar a Oliver y a James, que esperaban nerviosos en su habitación. Les di un abrazo, les dije que estaba orgullosa de ellos y bajaron por la escalera tiesos como velas con sus trajes negros y unas pajaritas que les compré para la ocasión. Cuando entraron en escena, todos los recibieron con un aplauso. Los mayores estaban distribuidos entre los sofás, los sillones y las sillas que trajimos de toda la casa. Los pequeños se sentaron en la alfombra alrededor del piano. Yo había escrito un discurso de bienvenida, pero, en el último momento, preferí no sacar el papel y dejé que el corazón me guiara:

—Hoy es un día muy especial. No hace ni un año que descubrí esta casa al final de un viaje que hice con mis hijos por el Támesis. Nos llevó una semana subir río arriba desde Londres y, tras entregar el barco no muy lejos de aquí, organizamos un pícnic y luego me recosté en un árbol a descansar un rato mientras Oliver y James perseguían conejos. Al despertarme, vi Riverview entre los árboles y me enamoré de inmediato. Esta casa, en ese momento, después de años trabajando a destajo, con viajes incesantes por el mundo, en los que dediqué a mis hijos mucho menos tiempo del que me hubiera gustado, del que quizá hubiera debido…, esta casa me pareció el mejor lugar del mundo para echar raíces, para vivir la segunda parte de mi vida. Y así fue como tuve el privilegio de conocer a la señora Brooks, quien tanto significa para Cumnor. Hoy es un día especial porque mi familia quiere agradecerle que nos haya dado la posibilidad de cumplir este sueño con un homenaje a Robert, a quien no tuve la oportunidad de conocer personalmente, aunque su música aún resuena en cada rincón de Riverview. Y a todos ustedes, queremos agradecerles que nos hayan acogido con tanto cariño en Cumnor, un pequeño pueblo con gente extraordinaria. Con gente que ya está en nuestros corazones.

Un aplauso largo me interrumpió, y yo me giré hacia la señora Brooks aplaudiendo también y luego hacia mis hijos.

—A continuación, James interpretará una selección de las Sonatinas de Clementi, y luego Oliver, unos minuetos del libro de Ana Magdalena Bach —anuncié, y me senté junto a la señora

Brooks tras cruzar una mirada fugaz con John, que prefirió quedarse de pie en una esquina.

James hizo una reverencia rápida y se sentó al piano. Un silencio inmediato se extendió por el salón, dejando oír el crepitar del fuego en la chimenea. Entonces puso cuidadosamente los dedos en el teclado, y, en un instante, las notas alegres que proyectaba la tapa del piano se mezclaron con la luz radiante que entraba por las ventanas. Mientras veía a mi hijo mover sus pequeños dedos por el teclado, estuve a punto de que la emoción me desbordara, pero logré evitarlo desplegando mi aprendida contención británica. Un aplauso jubiloso cerró la interpretación de James, que se volvió a saludar a todos con una reverencia y luego vino a sentarse a mi lado. Lo abracé y sentí que temblaba como una hoja.

Oliver saludó a nuestros vecinos con una reverencia forzada, como un adolescente que ha sido obligado a recoger la mesa y a poner el lavaplatos. Pero cuando empezó a tocar, sorprendió a todos con su destreza para interpretar una partitura de una dificultad notable para un niño de nueve años. De repente, vi de reojo que se abrió la puerta del salón y entró un personaje infame. Nada menos que Clive Barker. Los gemelos, que habían oído hablar de él, pero nunca lo habían visto, fueron a traerle una silla y a recoger su exuberante abrigo de piel. Pero él prefirió quedárselo y ni siquiera les dio las gracias. John observó la escena con una ceja levantada.

Cuando Oliver terminó su interpretación, los vecinos prorrumpieron en un aplauso largo, que se intensificó cuando ayudé a la señora Brooks a levantarse. Ella hizo un gesto con la mano y fue como si una corriente repentina de aire se hubiera llevado las notas y las palmadas por la chimenea.

—Solo unas breves palabras de esta anciana —dijo sin soltarme el brazo—. Desde que Robert nos dejó, he experimentado una soledad difícil de describir. No sé cuánto tiempo me queda hasta reencontrarme con él, pero hoy lo he sentido muy cerca, de una manera inexplicable. Es como si, por un rato, hubiera podido tocarlo con la punta de los dedos. Por eso, quiero dar las gracias a Sara por organizar esta sorpresa encantadora, a todos por acompañarnos y, especialmente, a James y a Oliver por elevarme con una interpretación tan deliciosa. Habéis hecho que me sienta en el cielo por un rato.

Las puertas del salón se abrieron, y, a las órdenes de Martha y María, los chicos empezaron a servir el cóctel sacando bandejas con copas de *champagne*. Yo andaba entretenida saludando a los vecinos, pero, a la vez, buscando el momento de acercarme a Barker para decirle que, en mi casa, era persona *non grata*. Pero no hizo falta. Nadie parecía estar interesado en conversar con él, así que deambuló curioseando por el salón y acabó junto a la chimenea, al lado de Barty, que, según luego me contó María, se había pasado el concierto echando un vistazo a la bodega de Riverview…

—Por todos los diablos, deben de haber matado a media docena de animales para hacer ese abrigo —dijo mientras George lo ayudaba a mantener el equilibrio.

—Es de zorro rojo. Y de la máxima calidad. Estoy emprendiendo un negocio de abrigos de piel y puedo hacerte un buen precio. ¿Te interesa comprar uno?

—En este momento me interesa más aclarar la garganta —dijo haciendo una señal a Jim, que trajo una bandeja llena de copas.

Al intentar alcanzar una, tiró un par de ellas empapando en *champagne* el abrigo de Barker. En un abrir y cerrar de ojos, Jim regresó a la cocina y trajo una escoba para barrer los cristales. Tim acudió inmediatamente a la escena y ayudó a Barker a quitarse su abrigo.

—Ponlo junto al fuego, hay que secar la piel cuanto antes —dijo malhumorado, y Tim lo sujetó, obediente, con las manos en alto.

Mientras tanto, George sentó en un sillón a Barty, que atrajo la atención de todos diciendo cada vez más alto:

—Hoy es un día muy importante. Necesito una copa para brindar. Tengo que brindar por tantas cosas que no sé por dónde empezar...

Cuando me asomé entre los vecinos a ver qué pasaba, una chispa prendió la piel de zorro y Tim, asustado, dejó caer el abrigo en el fuego para evitar quemarse las manos. Y mientras Barker contemplaba horrorizado cómo ardía en llamas, Barty exclamó:

—¡Bravo por esta fiesta! Ya solo faltan fuegos artificiales.

Andre, esta mañana, al despertar, no supe en qué día estaba. Los sábados los distingo porque veo a ciclistas por la carretera. Y los domingos, porque Barty toca las campanas de Saint Michael's. El resto de los días pasan anodinos, igual que un golpe de viento pasa las hojas de un libro. Por eso hoy pedí un sándwich a María y salí a caminar obstinada, sin rumbo, a ratos por veredas y otros saltando cercados para ver pastar a las vacas. Para almorzar subí a una colina, me senté bajo un árbol enorme y abrí mi mochila. El sándwich tenía lechuga, tomate, alcaparras y trozos de pollo bañados en mayonesa. En una bolsita había nueces, en otra, zanahorias pequeñas y, de postre, dos onzas de chocolate y un racimo de cerezas. Esta mujer no deja de sorprenderme con sus detalles. Después de almorzar, me tumbé en el prado y apoyé la cabeza en un libro del que no leí una palabra. Cerré los ojos, intenté no pensar en nada, pero acabé imaginando el tamaño de las raíces que sostendrían tales ramas. Y por ellas se me fue la mente como una ardilla hasta aquel día en que vi a John mirar a mis hijos de otra manera.

Fue una tarde de marzo, al ir a recogerlos a su casa. John estaba enseñando a los chicos a cortar leña. Cuando llegué, pasé a la cocina para saludar a Martha y, desde una ventana, observé la escena. En el suelo había un árbol cortado en gruesas rodajas. John hizo rodar dos hasta cerca del granero y las volcó dejándolas plantadas en el suelo, como si hubieran crecido allí mismo. Luego trajo un hacha grande y otra pequeña. Rodeó uno de los troncos con una cuerda gruesa y la aseguró con un nudo. Entonces dio un par de hachazos de arriba abajo, rompiendo el tronco como pedazos de tarta que la cuerda mantenía unidos. A continuación, pidió a Oliver que se acercara y le enseñó a hacer el movimiento como en cámara lenta. Dieron dos hachazos juntos y luego John se apartó para que él continuara. En el primer golpe solo logró clavar el hacha en el tronco. John lo ayudó a sacarla y volvió a dibujar el gesto en el aire poniendo sus manos sobre las de mi hijo. En el segundo, atravesó el tronco hasta la hierba, y Oliver se volvió a mirar a John, que asintió diciendo: «Bien hecho». James y los gemelos, que observaban la escena a unos metros, le dieron un aplauso.

Con una docena de hachazos más, Oliver terminó de trocearlo. John tomó ahora dos de los pedazos y los apoyó sobre el otro tronco. Con el hacha pequeña partió el primero en dos de un golpe e indicó a James que se acercara. Lo ayudó a hacer el gesto en el aire sobre el segundo pedazo y se alejó para que él lo cortara. Mi pequeño le dio tan fuerte que lo partió en dos dejando clavada el hacha en el tronco de abajo. John giró la cabeza, impresionado por la fuerza del golpe, y vi que James sonrió sorprendido, como el que saca un pez grande la primera vez que echa el anzuelo. Cuando terminó de cortar en dos todos los pedazos, los amontonaron en una carretilla que los gemelos trajeron a la casa. Mientras tanto, Oliver y James ayudaron a John a llevar las hachas al granero. Los vi marcharse juntos. John iba entre los dos con las manos en sus cabezas. Cualquiera habría pensado que era su padre.

A finales de marzo, otro sobre apareció en el buzón de la reja de Riverview. Traía mil trescientas cincuenta y cuatro libras y una nota que decía:

*Sara, en agradecimiento al adelanto para los regalos, os invitamos el próximo sábado a subir río arriba. Partiremos a las once. No hace falta que llevéis comida.*

*John*

La invitación de John, de quien no había tenido noticias en las últimas semanas, me produjo un aleteo de mariposas que no sentía desde hacía años. Pero no por saber en qué barco nos llevaría, sino por la expectativa de que terminara de abrirme sus puertas.

Llegado el día, fui en mi carro con los chicos a su casa. El sol destellaba en los campos mojados por el rocío de la mañana, y la temperatura había subido diez grados desde el comienzo de la primavera. Cuando aparecimos por la puerta, los gemelos salieron corriendo a anunciarnos que siguiéramos a la camioneta de su padre. Así lo hicimos y, unos minutos después, nos desviamos por un camino hacia el río. Al fondo había un muelle con una docena de barcos y un hangar junto al que dejamos los carros.

—Es ese verde —dijo John señalando a un antiguo barco de mercancías convertido en una embarcación de recreo. Los chicos corrieron gritando:

—¡Al abordaje!

—Parece que te ha ido bien últimamente. ¿Te has comprado un barco? —pregunté girándome para verle la cara.

—No es mío. Ahora trabajo para Oxford Cruisers. Me han pedido que pruebe el que he estado reparando estas semanas.

El barco era alargado y estrecho. Por fuera parecía austero como un submarino, pero dentro tenía un dormitorio, un baño, una sala de estar y una cocina perfectamente equipada. Tenía dos balcones, uno en cada extremo. En el de popa estaba el instrumental de navegación y en la proa, un espacio para relajarse. Allí se fueron los chicos en cuanto salimos del muelle, aunque los gemelos y los monstruos no tardaron en subirse al techo y caminar inquietos de un extremo a otro como bandidos asaltando un tren. Yo me quedé con John en la popa, apoyada en la barandilla. Él llevaba un suéter de lana azul marino, y yo, uno blanco con rayas celestes. Parecíamos el capitán y su contramaestre.

Después de un silencio largo, mientras contemplábamos el paisaje, me ofreció una cerveza y no pude evitar acordarme de la que tomamos el día que vino a repararme la chimenea y acabó lanzando mi celular por los aires.

—¿Así que también sabes reparar barcos? —pregunté.

—Estoy aprendiendo.

—Se ve que lo haces rápido.

—No tiene misterio. Las cosas rotas se parecen bastante.

Los chicos bajaron de nuevo a la proa, sacaron de alguna parte un par de caucheras y empezaron a disparar a los peces y a los patos. Me asomé suspicaz para ver que hacían, y John me dijo:

—No te preocupes, son solo chicos.

—Espero que los grumetes no se amotinen.

—Si lo intentan, yo me encargo de lanzarlos por la borda.

—De acuerdo. Solo te pido que el implante de James no acabe en el río.

Poco después llegamos al lugar donde encontré a los monstruos y a los gemelos bañándose en calzoncillos. La cuerda desde la que se lanzaban caía inerte en el agua, y John pasó cerca con el barco para que los chicos pudieran tocarla. Luego seguimos plácidamente río arriba y yo me recosté en un banco de madera y cerré los ojos para sentir los rayos de sol en la cara.

—Me siento en deuda contigo —dije.

—¿Por qué?

—Me has devuelto el dinero de los regalos, me has pintado un cuadro magnífico y ahora nos llevas de pícnic en barco.

—A una mujer de negocios no debería extrañarle salir ganando.

—¿Y tú qué ganas con todo esto?

—Cumplir mi palabra.

—¿A qué te refieres?

—Juré que te devolvería hasta el último penique.

—Lo hice con gusto. No era necesario.

—Hay pocas cosas realmente necesarias.

—¿Y qué más es necesario para ti, además de los regalos que, por cierto, tanto te cuesta aceptar? —dije irónica.

—Respetar un juramento.

—¿Qué pasaría si no lo cumplieras?

—No creo que lograra perdonármelo.

Me quedé un rato en silencio, intentando destilar el sentido de sus palabras, hasta que John redujo la marcha y yo me incorporé para ver el paisaje. Había una fila de barcos amarrados en la orilla y se oían voces alegres procedentes de la terraza de un *pub*. Los chicos saludaban a todo lo que se movía. Pasado el puente de New Bridge, volvió la calma y avanzamos de nuevo en solitario entre prados verdes y arboledas.

—¿Y a ti cómo te ha ido cerrando aquellos flecos? —me preguntó de repente.

—¿A qué te refieres? —respondí haciéndome la despistada para disimular mi fascinación con que se acordara de algo que le había contado hacía meses.

—A lo que te pasó la mañana que nos vimos en The Bear.

—Te confieso que es algo que aún me tiene preocupada, aunque hago lo imposible por sacarlo de mi mente. ¿Tú sabes qué es un bonus?

—Un adjetivo latino. *Bonus, bona, bonum.*

—Cierto. Y, en el mundo de la empresa, es un dinero extra que te pagan si cumples tus objetivos.

—Ajá.

—Pues bien, a mí me ofrecieron un bonus de una cifra extravagante por vender la empresa que presidía al precio que querían sus propietarios. Y, contra todo pronóstico, lo logramos. Pero en la negociación, los compradores pidieron que me quedara tres años para pasar mi experiencia al nuevo presidente que nombraron.

—Te sigo —dijo con la vista puesta en la proa y manejando el timón con ambas manos. Yo iba a su lado, con la espalda apoyada en la cabina, mirando la estela que el barco dejaba en el río.

—Yo acepté esa cláusula, me pagaron el bonus y todo fue bien hasta que el nuevo presidente trató de intimar conmigo. Era un tipo atractivo, aunque yo no veía apropiado un romance entre la presidenta saliente y el entrante. Así que le tracé una raya y le dejé las cosas bien claras. Él pareció entenderlo, pero, semanas después, se inventó un viaje de trabajo y trató de abusar de mí en el hotel.

—No puedo creerlo —dijo sorprendido.

—¡Ese cerdo me puso las manos encima y me besó en los labios! —dije con furia, y vi que John apretaba las manos como si estuviera preparándose para dar un puñetazo—. Entonces —continué— acudí a un abogado experto en acoso y, aconsejada por él, puse una denuncia, renuncié a mi cargo en la empresa y...

—¿Cómo se llama? —me interrumpió.

—¿El abogado?

—El que te puso las manos encima.

—Marcus.

—¿De dónde es?

—De Holanda.

—¿Y dónde vive?

—Vive en Londres. Pero no voy a darte más detalles, no sea que vayas a darle una paliza.

—Me has dado suficientes. Continúa.

—En realidad, arreglé con mi abogado llegar a un acuerdo con Marcus.

—¿Un acuerdo de qué? —preguntó extrañado girándose para verme, y yo me sentí profundamente avergonzada.

—Un acuerdo de un millón de libras… Ese es el precio que valgo —balbuceé. Él se quedó en silencio unos segundos que se me hicieron incómodamente largos.

—¿Y qué sucedió aquella mañana? —preguntó ahora con una tristeza extraña.

—Mi abogado me contó que Marcus rechazó el acuerdo, que niega el acoso y que quiere ir a juicio. Y lo peor es que ha pasado al ataque: me acusa de no haber cumplido la cláusula de quedarme tres años y va a reclamar que devuelva el bonus. Mi abogado dice que las pruebas son contundentes. Pero la posibilidad de perder me aterroriza.

—¿De perder qué? —dijo cortante.

—De perder mi bonus, ¿qué parte no has entendido? —respondí desconcertada.

—¿Y es eso tan importante? —preguntó como un navajazo en el aire.

—¡Con ese maldito bonus compré Riverview! —dije golpeando con un pie la cubierta del barco.

—Es solo una casa.

—¡Es mucho más que una casa! ¡Es el lugar donde vine a recuperar mi infancia, donde quiero empezar una nueva vida y donde espero ver crecer a mis hijos! —dije con rabia, y, de repente, empezaron a temblarme los labios. John me sujetó por los hombros y, mirándome a los ojos, dijo:

—Todo irá bien, Sara. Tú vales más que Riverview.

Dos lágrimas me resbalaron por las mejillas y me acerqué para abrazarlo. Apoyé mis manos y mi cara en su pecho, que se expandió lentamente mientras inspiraba. Él me pasó una mano por la espalda. Primero sentí sus dedos, dubitativos. Luego el calor de su palma acomodándose entre mis omoplatos, como si fuera a empezar un baile. Hasta que oímos unos pasos acercarse por el interior del barco y me separé de él rápidamente.

—Los chicos están hambrientos. ¿Vamos a almorzar aquí o saldremos fuera? —preguntó Martha asomándose por la puerta.

—¿Qué prefieres? —respondió John.

—Fuera.

—Tú mandas —dijo reduciendo la marcha del barco.

Mientras desembarcábamos en medio de la reserva natural de Chimney Meadows, un matrimonio anciano pasó por el camino junto a la orilla. Venían del brazo y ella se volvió para decirnos con el bastón en alto:

—¡Qué familia tan encantadora! Ya no se ven familias con tantos chicos. ¡Enhorabuena! Cuando alcancen nuestra edad, sus nietos llenarán toda una escuela. Y ustedes serán muy felices. Se lo digo por propia experiencia. Hacen bien en ir contracorriente.

—¡Oh, muchas gracias! —respondí yo por cortesía, y John se limitó a saludarlos con la mano.

Martha pidió a los chicos que pusieran dos mantas en la hierba, cerca de la orilla. De una nevera, empezó a repartir refrescos y de una cesta, sándwiches de aguacate, beicon y huevo.

—Te han quedado deliciosos, Martha. ¿De dónde sacaste esta receta? —pregunté.

—Del libro que le dejó mi madre —se adelantó a contestar Tim.

—Hay otro de atún y queso azul para chuparse los dedos —apuntó Jim.

Yo estaba sentada junto a Jasper y lo ayudé partiendo su sándwich en dos pedazos.

—¿Tú eres una madre? —me preguntó de improviso.

—Sí, hijo —respondí acariciándolo.

—Tu madre se murió y se fue al cielo. Ella es la madre de esos —precisó Martha, y vi que John se estremecía.

A finales de abril recibí una noticia triste: la señora Brooks había fallecido en su casa. Al funeral acudió la flor y nata de Londres. Cuando entré en la iglesia de Saint Mary Abbots, no encontré un asiento libre, así que me quedé de pie al fondo de la nave. Justo antes de empezar la ceremonia, reconocí al mayordomo de la señora Brooks, que avanzaba por el pasillo central con la nariz levantada. Parecía estar buscando a alguien. Para mi sorpresa, cuando me vio, se acercó y me dijo al oído:

—Hay un lugar para usted en la primera fila.

—¿¡Cómo!?, allí estará sentada su familia —respondí extrañada.

—La señora Brooks me pidió expresamente que le reservara un sitio —dijo indicándome con la mano que lo acompañara. Mientras lo seguía por el pasillo central, palidecí al ver el despliegue de personalidades distinguidas, entre otras, algunos miembros de la familia real británica. En el segundo banco, reconocí al señor Bell, que me observó inquisitivo, y en el primero estaban sus dos hijas, una en cada extremo, acompañadas por sus respectivos segundos maridos. El mayordomo me pidió que me sentara en medio, y yo, en ese momento, deseé que la tierra me tragara.

El funeral tuvo toda la pompa que pueda imaginarse. El coro de Westminster interpretó unos pasajes del *Réquiem* de Mozart, y el arzobispo de Canterbury leyó un sermón aburridísimo aunque, probablemente, impecable desde el punto de vista bíblico. Al terminar la ceremonia, expresé a las hijas de la señora Brooks mis condolencias, pero las recibieron con tal diplomática frialdad que opté por regresar de inmediato a casa, no sin antes rogar al Altísimo que me librara de morir así. De pena.

La semana siguiente tuve que volver a Londres. Una escueta llamada de la secretaria de mi abogado me puso en estado de alerta.

—El señor White necesita verla.

—Tenía pensado ir a la ciudad dentro de unos días.

—Es preferible que sea hoy mismo.

—En ese caso, estaré en su despacho en dos horas.

Yo andaba trabajando en el jardín con Wilson y solo me dio tiempo a cambiarme las botas. Cuando llegué a la oficina de White & Partners con *jeans* y una camisa de cuadros, la secretaria se quitó un momento las gafas para mirarme de arriba abajo y me hizo pasar sin demora al despacho del señor White, quien fue directo al grano:

—Sara, tengo una mala noticia: la evidencia determinante para probar el acoso ha sido destruida. Como ya te anuncié, hace meses solicitamos el vídeo del circuito de seguridad del Hotel Marriott en Shanghái. En concreto, pedimos las cámaras del ascensor y las del piso en el que estabas alojada, entre las siete y las nueve de la noche. Hace semanas nos confirmaron que las tenían y nos indicaron que, debido a protocolos internos, el director del hotel debía visionarlas antes. El envío empezó a retrasarse sin un motivo claro e insistimos en varias ocasiones. Pero anoche nos comunicaron que las grabaciones de ese día han sido borradas accidentalmente. Tenemos la sospecha de que el director conocía al señor Marcus Baas debido a sus frecuentes estancias y, por otra parte, hemos sabido de su amistad con el señor Lin Li. El resto te lo imaginas —me explicó con la serenidad de un médico anunciándote de qué vas a morirte y aproximadamente cuándo.

—¡Hijos de la gran puta! —exclamé pronunciando cada sílaba.

—Comprendo tu indignación. Mi equipo también está consternado. Pero siento informarte de que, así las cosas, será difícil ganar el juicio. Ahora es tu palabra contra la suya.

—Señor White, ¿y tiene alguna noticia buena?

—Ciertamente, si observamos el caso a la luz de las nuevas circunstancias. Si Marcus ganara, la parte proporcional del bonus que exigiría que devuelvas es tan desorbitada que resulta improbable que el juez la considere procedente.

—¿Y cuánto estima que el juez encontraría apropiado?

—En el peor de los escenarios, aproximadamente la mitad del bonus. Algo más de cuatro millones de libras.

—¿Y en el mejor?

—Un millón.

—Preferiría invertir esa cifra en alguien que liquidara a Marcus sin dejar huellas —dije sarcástica.

—Tendrás tiempo para pensarlo. El juicio podría celebrarse dentro de unos diez meses.

Cuando llegué a Cumnor, necesitaba hablar con alguien para contarle mi tragedia. Asumí que John andaría trabajando, así que me fui a matar el tiempo a The Bear. Afortunadamente, estaba Barty.

—¿Qué te trae hoy por aquí, Sara? —me preguntó cuando me senté a su lado en la barra.

—¿Es que no puedo venir como tú, sin motivo?

—Desde que te vi entrar por esa puerta, supe que traías algo.

—¿Cómo puedes estar tan seguro? —pregunté desafiante.

—Por cómo la inquietud desdibuja el rostro de las mujeres bellas. Sobre eso podría escribir un libro. He visto más de cien veces el mejor cine clásico.

Me quedé en silencio acodada en la barra, frotándome la cara, y él indicó con un gesto a George que trajera dos cervezas.

—Barty, me siento terriblemente confusa. Nunca me había pasado algo así, en toda mi vida, y eso que me ha tocado manejar situaciones tremendas. No sé cómo explicarlo. Parece que el cerebro ya no me alcanza para afrontar los problemas. Ya no logro resolverlos sin más, como antes, darles un carpetazo y pasar a otra cosa. Ahora siento su onda expansiva saliendo de mi cabeza y llegándome a todas partes, hasta las yemas de los dedos. Me siento como si hubiera descubierto un corazón dentro de mi cabeza. O tal vez es que ahora el cerebro me flota en el corazón. Hasta los sentidos se me han afinado. Todo lo veo en detalle, todo lo huelo a distancia, todo lo escucho en estéreo, todo me sabe más. Casi llego a sentir las cosas sin tocarlas. No sé. ¿Será que necesito acudir a un terapeuta o que ahora me dedico a pensar demasiado?

—No es eso, Sara.

—¿Qué es, entonces? ¿Qué es lo que me pasa, Barty?

—Que estás enamorada —dijo con su voz rasgada, y sus palabras sonaron como una sentencia.

—¡Oh, Dios! ¿Tanto se nota?

—Ni toda la cerveza del condado me impediría ver que lo amas.

—¿Y me ama él? —pregunté tentativa.

—Hace un rato lo vi en Saint Michael's.

—¿No está trabajando a estas horas?

—A veces sale antes y va al cementerio.

—Barty, ¿y me ama? Seguro que tú lo sabes —pregunté ansiosa.

—Quién sabe lo que a ese hombre le pasa por dentro.

Salí de The Bear sin despedirme, caminé a toda prisa hasta High Street y busqué la camioneta de John entre los carros parqueados en Saint Michael's. No estaba. Ni él en el cementerio. Me subí el cuello de la camisa y regresé a pie a casa. Un viento húmedo traía nubes negras desde el oeste acelerando el atardecer y agitando las ramas. Al llegar al camino de acceso, me fijé en la piedra tallada y recordé el día en que descubrí Riverview y lo que soñé despierta. Avancé unos metros por la hilera de árboles y, al levantar la vista, el corazón empezó a latirme más fuerte. La camioneta de John estaba junto a la reja. Apresuré el paso y vi su silueta apoyada en un árbol, el mismo bajo el que un día se sentó a leer Martha mientras esperaba a su padre. Cuando me oyó llegar, se alejó del árbol para asomarse al paisaje y me esperó con las manos en los bolsillos de su chaqueta de trabajo. Me acerqué a su lado y le dije:

—Te andaba buscando, pero no imaginé que iba a encontrarte en mi casa.

—Ni yo que vendrías caminando.

—Hoy he estado en Londres con mi abogado y luego con Barty en The Bear. He dejado allí el carro.

—¿Por qué me buscabas?

—Quería contarte el último episodio de mi tragedia. Pero no te preocupes, te daré la versión breve.

John asintió sin mirarme.

—Mi abogado me ha dicho que la prueba clave del juicio ha sido destruida. Marcus ha movido sus hilos para que borren el vídeo de la cámara de seguridad del hotel. Sin eso, es su palabra contra la mía.

Un golpe de viento levantó los faldones de mi camisa, y yo me abracé para resguardarme. Él se quitó su chaqueta y me la pasó sin mirarme, extendiendo el brazo.

—¿Entonces? —preguntó.

—Lo más probable es que él gane y yo tenga que devolver buena parte del bonus.

—Lo siento.

—¿Eso es todo?

—Recuerda siempre lo que te dije: tú vales más que lo que hay detrás de esa reja.

—Suena a despedida.

—A eso vine.

De repente, noté algunas gotas de lluvia en la cara. Pero no me moví. No pude. Sentí como si el peso de las nubes me clavara a la tierra. Me quedé callada unos instantes tratando de organizar mis pensamientos, pero las emociones se desbordaron salvajes, imprevisibles, como un río fuera de cauce, anegando todo a su paso.

—¡Dios! No entiendo nada. No sé cómo ha podido sucederme esto. Ahora… Ahora que todo lo que alcancé dejándome la vida, todo lo que soñé, todo lo que logré construir en estos años se cae a pedazos. Ahora, cuando no me queda nada. Ahora que estaba a punto de llegar a tu corazón, al lugar más seguro que he conocido, ahora te marchas, cuando estaba empezando a saber qué es el amor verdadero. John, te amo como nunca he amado a nadie. Ni siquiera a mí misma. No entiendo por qué quieres marcharte ahora.

—Debo hacerlo. Antes de que sea demasiado tarde.

—¿Por qué? ¿Acaso tienes miedo de amarme?

—Lo tengo. Con más fuerza de la que pude haber imaginado.

—¿Entonces, por qué no te quedas?

—Porque juré a Claire que no volvería a amar a nadie. Cuando supe que iba a morir, le dije que mantendría mi corazón cerrado con llave.

—¿Y por qué no puedes volver a abrirlo? ¿Por qué, John?

—Porque hice un juramento… y tiré al río la llave.

La lluvia arreció, empapándonos el pelo y la ropa. Yo me acerqué a John buscando un beso, un abrazo de despedida, y él volvió a guardarse las manos en los bolsillos.

—Un adiós rápido —dije con amargura.

—Un corte limpio duele menos.

—Espero que no deje de dolerte en toda la vida.

—Y yo que Dios nos ayude.

Fueron sus últimas palabras. Se subió a la camioneta, arrancó el motor y se fue por el camino llevándose la última luz del día.

Andre, hoy he venido a un viejo puente de madera y me he sentado a ver cómo el río pasa bajo mis pies descalzos. La corriente, que avanza sinuosa en este tramo, trae hojas flotando en la superficie y, cerca de la orilla, estira suavemente las ramas de los árboles. Pero a mí no me engaña. Yo sé qué clase de fuerza tiene el caudal que va debajo. Igual que no se puede camuflar un corazón desgarrado. ¡Oh, Dios, cuánto necesito un abrazo! Pero ya no me vale cualquiera. Solo quiero el de un hombre en el planeta. El de un hombre que sepa querer de esa manera. Un hombre de una pieza. Solo el de un hombre. Solo el de John. Y cada día que pasa, más se aleja, como se aleja en el río un barco de papel.

En estos días en los que ando lejos de todo lo que amo, ni siquiera vivir en la casa que soñé me consuela. Por eso, a ratos, necesito salir fuera, porque cada rincón de Riverview me trae recuerdos. Como lo que pasó aquel día de mayo en las escaleras.

—Oliver, ¿has pensado ya cómo quieres celebrar tu cumpleaños? —le pregunté una mañana mientras desayunábamos.

—Con una excursión por el campo en bicicleta —respondió como si ya tuviera todo planeado.

—Hijo, no quiero desilusionarte, pero han anunciado que va a seguir lloviendo sin cesar en las próximas semanas.

—¿Y eso qué importa? Podemos llevar chubasqueros.

—El problema es que las pistas están llenas de barro.

—¡Buf! Tú siempre ves los problemas.

—Asómate y echa un vistazo al camino de entrada. Como el tiempo siga así, para salir de Riverview necesitaremos un barco.

—Podemos pedirle a John el suyo, ¡o ir nadando! —propuso James con su ocurrencia.

—Te recuerdo que tu implante no es acuático. Ya vamos por el tercero este año.

—Pues me pongo una bolsa de plástico en la cabeza.

—¿Alguna otra sugerencia, chicos?

—¡Ya sé! —propuso Oliver con entusiasmo—, podemos organizar una fiesta del terror en casa. Invitamos a John y a sus hijos, apagamos las luces, los padres os escondéis y nosotros os buscamos.

—No me parece una buena idea.

—¡Mamá!, ¡es que nunca te gusta nada! —dijo levantándose de un respingo.

—Eso no es cierto, hijo.

—Sí es cierto —dijo insolente.

—Siéntate, por favor.

—¡No me da la gana!

Dejé pasar unos segundos, crucé los brazos encima de la mesa y dije tratando de mantener la calma:

—Voy a contar hasta diez y quiero verlo ahí sentado cuando acabe.

María cerró el grifo del fregadero, miró a Oliver y él bajó la cabeza.

—Uno, dos, tres, cuatro, cinco…

Oliver empezó a tocarse un botón de la chaqueta de su pijama. María se mordió el labio.

—… seis, siete, ocho…

Me detuve un momento, y James se quitó el implante y lo dejó en la mesa.

—… nueve, diez.

Me llené los pulmones de aire y grité:

—¡Oliver!

Él se movió hacia la puerta, y yo me levanté como una fiera tirando la silla hacia atrás. Entonces aceleró el paso y empezó a subir por la escalera, cada vez más rápido.

—¡Quieto! ¡No me haga subir un solo peldaño!

Se detuvo y empezó a dibujar con el dedo en la barandilla.

—Escuche con atención lo que voy a decirle. Punto número uno: no tendrá celebración de cumpleaños. Punto número dos: a partir de este mismo momento, se queda castigado en su habitación. Solo saldrá para comer y para ir al colegio.

—¿Hasta cuándo? —preguntó indolente, sin mirarme.

—Hasta nuevo aviso —dije, y empezó a subir desganado los últimos peldaños.

—¡Quieto! ¡No he terminado!

Esta vez se detuvo sin girarse.

—Punto número tres: se acabaron los planes con los gemelos. Para siempre —concluí enfadada como un diablo.

James pasó a mi lado en silencio y también subió la escalera. Ahora llevaba el implante. Debió de ponérselo otra vez para escuchar el castigo. Supuse que iba a acompañar a su hermano en el encierro. Siempre lo hace.

Dos semanas después, mientras leía las noticias en mi computadora, oí un ligero toc, toc que me pareció el pico de un pajarillo en la ventana. Al segundo toc, toc me levanté y no vi nada. Luego me asomé a la puerta y allí encontré a María ajustándose el lazo trasero del delantal.

—Qué pena que venga a molestarla, señora Sara. Quería preguntarle una cosa —dijo con desasosiego.

—Adelante —la invité a pasar señalándole una silla al otro lado de mi escritorio. Se sentó sin apoyarse en el respaldo y con las manos en las rodillas.

—¿Usted tendría inconveniente en que yo arregle un vestido de Martha, la hija de John?

—Inconveniente no tengo, pero ¿cómo así?, ¿cuándo la ha visto?

—La vi esta mañana en High Street y me preguntó si podía ayudarla.

—¿Y qué clase de vestido quiere que le arregle? —inquirí dejando en el escritorio mis gafas protectoras de pantalla.

—Uno de su madre.

—¿De su madre? —pregunté extrañada.

—Me dijo que es para un cuadro que va a pintarle su padre.

—Dígame, María, ¿cómo es que Martha, siendo tan reservada, le ha contado tantas cosas?

—No sé, señora Sara. Nos vemos con frecuencia en la tienda haciendo la compra. A veces, al terminar, nos quedamos charlando de nuestras cosas.

—¿Qué cosas?

—Nuestro trabajo. De cómo cuida cada una de los suyos. A mí Martha me da mucha ternura. Me apena verla llevar tanto encima.

—¿Y por qué usted nunca me había contado de su amistad con ella?

María se quedó pensando, tratando de elaborar una respuesta de mi agrado. Antes de que pudiera expresarla, le dije:

—Me gustaría ver ese vestido.

—Claro, señora Sara. Vendrá a traérmelo esta tarde, si usted no tiene inconveniente.

—En absoluto. Avíseme luego, para bajar a saludarla.

No hizo falta que me avisara. Cuando sonó el timbre, me asomé a la ventana y vi a Martha tras la reja con una bolsa en una mano y en la otra un paraguas. Después de dos semanas de lluvia incesante, las nubes se apartaron unas horas dejando al sol reflejarse en los charcos y en millones de gotas de agua prendidas de la hierba y de las hojas. María abrió la reja desde la cocina, y Martha se dirigió a la entrada posterior de la casa a paso rápido y con mirada furtiva. Me asomé a la escalera y vi que María la conducía a su habitación. Luego —me avergüenza reconocerlo— bajé sigilosa y me quedé escuchando al otro lado de la puerta.

—Me alegra que hayas podido llegar sin mojarte. ¿Cómo has hecho para evitar los charcos?

—Conozco bien el camino..., de tanto ir a hacer la compra. Mis hermanos comen como limas.

—Les conviene. Esos chicos consumen mucha energía.

—Incluida la de su hermana —dijo irónica, y a María le salió una carcajada.

—Bueno. Veamos ese vestido. Puedes cambiarte en el baño.

—Este es el favorito de mi padre. A mí me gusta más el amarillo que llevé cuando vinimos a cenar el verano pasado. Pero él quiere que me ponga este para el cuadro —dijo Martha mientras se probaba el vestido.

—¡Qué bonito! ¡Ese verde es igual que el de tus ojos! ¡Te queda precioso! —exclamó María al verla salir.

—¿De verdad?

—Solo hay que subirte un poco las mangas y ajustar el talle. Aunque si ganaras los kilos que te faltan, no habría que tocarlo en la espalda. ¿Estás comiendo lo suficiente?

—Lo que me dejan mis hermanos.

—Martha, tienes que cuidarte. Eres muy joven para llevar tanto encima. Son muchas responsabilidades: tus estudios, la casa, tus hermanos…

—Sí, ya sé.

—... tu padre.

—Creo que no está bien.

—Siéntate aquí. Cuéntame, ¿qué le pasa?

—Últimamente está triste. Anoche se dejó la puerta entreabierta y lo vi buscando este vestido. Es el último que se puso mi madre. Cuando murió, dejó todo lo de ella tal como estaba. Nunca quiso abrir sus cajones ni se atrevió a tocar sus cosas. Es como si en su habitación aún siguiera viva —dijo, y la voz empezó a quebrársele.

—Ven aquí, mi hija —dijo María acercándose a ella con una silla.

—Entonces —continuó Martha entre sollozos— sacó el vestido con mucho cuidado y lo extendió en su lado de la cama. Luego se sentó y se lo llevó a la cara para olerlo. Me dio tanta pena que volví a mi habitación de puntillas. Estuvo llorando un rato largo. Creo que se tapaba la cara así, con las manos, para no hacer ruido. Yo no logré dormir nada. Al día siguiente, le dije que tenía cara de no haber descansado.

—¿Y él qué te dijo?

—Dijo: «Tú también».

—¿Nada más?

—Solo eso.

—Martha, tienes las manos heladas. Ponte esto encima. Voy a traerte algo caliente —dijo María, y abrió repentinamente la puerta. Yo traté de disimular haciendo que llamaba con los nudillos—. ¡Qué susto me ha dado, señora Sara!

—Solo venía a saludar a Martha.

—Yo iba un minutico a la cocina a traerle algo. Tiene frío.

—Adelante —le dije cediéndole el paso, y, desde la puerta, pregunté a Martha—: ¿Cómo estás?

—Bien —dijo bajando la mirada.

—María me dijo que le pediste ayuda con un vestido. ¿Es ese? —Ella asintió con la cabeza.

—¿Puedo verlo?

Dejó caer la manta que María le había puesto sobre los hombros.

—Es precioso, Martha.

—Gracias.

—¿Cómo están tus hermanos?

—Bien.

—¿Y tu padre?

Se quedó en silencio.

—Martha, quiero decirte una cosa: tienes el mejor padre del mundo. No he conocido a un hombre así en toda mi vida.

Ella levantó la vista, y vi que sus ojos aún brillaban.

—Quería que lo supieras. Si necesitas cualquier cosa, no dudes en pedírnosla —dije abriendo paso a María, que traía una taza de chocolate.

Esa noche, mientras ayudaba a María a recoger la cocina, me dijo:

—Señora Sara, me dan pena los chicos. Llevan sin salir dos semanas.

—Oliver aún no me ha pedido perdón. No puedo dejar que me falte al respeto de esa manera y que no tenga consecuencias. No me parece educativo.

—Pero James, el pobre, no tiene la culpa.

—Eso, precisamente, debería hacer recapacitar a su hermano.

Pero el comentario de María me hizo recapacitar a mí, y, mientras subía a darles las buenas noches, sopesé la manera de levantar el castigo sin perder la autoridad. Al entrar, me los encontré sentados en la cama de Oliver frente a su *tablet*, que habían apoyado en la almohada.

—¡Ven, mamá! —dijo James—. ¡Papá está haciendo surf en San Diego!

—Hola —dije sorprendida, saludándolo con la mano.

Bryan llevaba un traje de neopreno y parecía recién salido del agua. Al fondo había una docena de surfistas esperando a la siguiente ola sentados en sus tablas. Él estaba bronceado, con el pelo algo más largo de lo habitual y quemado por el sol y el salitre. Hacía mucho que no lo veía. Parecía cambiado.

—¡Hola, Sara! Les estoy mostrando a los chicos las olas que han salido hoy. ¡Mirad la que viene ahora! Impresionante, ¿no?

—¡Guaaau! —dijo Oliver.

—Estos días estoy en turno de mañana en el hospital y por las tardes vengo a Ocean Beach. Son los mejores días de surf de los últimos años —trató de explicarme, pero su voz llegaba entrecortada por las rachas de viento.

—Ya veo —respondí.

—Mira, mira, mira, mira, ¡qué ola! —dijo James tirándome de la manga hasta sentarme en la cama.

—Impresionante, chicos, ¿eh?

—¡Qué pasada! —exclamó Oliver llevándose las manos a la cabeza.

—Sara, ¿y a ti cómo te va? —me preguntó por sorpresa Bryan, con quien, desde su marcha, solo intercambiaba asépticos mensajes sobre nuestros hijos.

—Bien, muy bien, gracias —contesté en automático.

—Me alegro —dijo con una sonrisa.

—Chicos, no os acostéis tarde, que mañana iremos de excursión en bicicleta. Parece que ha mejorado algo el tiempo —les anuncié en tono animoso, pero, al momento, vino otra ola gigante y revolcó mi propuesta contra la arena. Estaban tan fascinados con su padre que ni oyeron mis buenas noches.

Al día siguiente, la excursión fue un desastre. Oliver resbaló en una curva y se hizo daño en una pierna. A James se le mojó el implante con un chaparrón inoportuno. Los tres acabamos de barro hasta las cejas y esa noche Oliver preguntó de repente en la cena:

—¿Por qué tenemos que vivir en Inglaterra?

—Vivimos aquí porque queremos —respondí desconcertada.

—¿Y aquí por qué llueve tanto? Papá dice que en San Diego están todo el año en la playa —dijo James.

—Así funciona el clima, hijo. De eso no se encarga tu madre.

—¿Y en Inglaterra se puede hacer surf? —siguió.

—Me imagino que habrá algún sitio, pero el agua debe de estar bien fría.

—Fría como un témpano —dijo Oliver metiendo los dedos en su vaso y echando a su hermano unas gotas en el cuello. James le hizo lo mismo, y yo les rogué con las manos juntas:

—Chicos, no empecemos.

Unos días después, recibí una llamada de un número oculto. Las posibilidades de que fuera un *call center* ofreciéndome cambiar de proveedor telefónico o una mejor tarifa si contrataba un nuevo servicio eran ridículamente altas. Pero andaba ayudando a Wilson a cavar una zanja para desviar el agua que se había acumulado en el acceso a la casa y, con los guantes puestos, en vez de colgar, acepté por error la llamada.

—Buenos días, Sara. Le habla Emily Watson, de Russell & Reynolds.

—¿De la agencia cazatalentos?

—Así es.

—¿En qué puedo ayudarla?

—Quería comunicarle que una empresa desea ofrecerle un puesto de alta dirección.

—Muchas gracias, pero no estoy interesada.

—Lo comprendo. Pero permítame decirle que se trata de un importante grupo empresarial con presencia en toda América y con planes de expansión por Europa. Quieren ofrecerle la presidencia.

La curiosidad me pudo.

—¿De qué grupo empresarial se trata?

—Por motivos de confidencialidad, aún no puedo decírselo.

—Entonces, le agradezco su llamada, pero debo dejarla. En este momento tengo un asunto importante entre manos —dije hincando la pala en el barro.

—Disculpe que insista, pero están muy interesados en su perfil. Han estudiado su trayectoria y sus resultados y la quieren a usted. No barajan a otros candidatos.

En ese momento, Wilson dio la última palada y el charco se precipitó impetuoso en la zanja llenándome de lodo las botas de agua.

—¡Mierda! —exclamé.

—¿Disculpe? —preguntó sorprendida la señora Watson.

Traté de salir de la zanja, las botas se me quedaron dentro y acabé sentada en un barrizal.

—Le decía que gracias, pero que ahora ando metida en otro asunto.

—Permítame que le mencione que le ofrecen un salario anual de dos millones y medio de libras más un bonus de una cifra equivalente según los resultados que logre.

Levanté la mirada y vi Riverview desde el otro lado de la reja. Nunca había contemplado la casa desde ese ángulo, casi a ras del suelo. Me pareció una propiedad de una belleza imponente y a la vez que su peso podría aplastarme como a un gusano si Marcus ganara el juicio.

—¿Dónde estaría basada? —pregunté.

—En Londres, pero tendría que ir a Nueva York cada dos semanas, además de viajes frecuentes por toda Europa. Nada distinto a lo que debe de estar acostumbrada, supongo.

En ese momento, vi a Oliver y a James aparecer desde detrás de la casa. Estaban lanzando una pelota a Dark y a Grace, que iban y venían corriendo a traérsela de nuevo. Y entonces me acordé de que, tres semanas antes, estaba allí mismo, bajo la lluvia, calada hasta los huesos, después de que John se marchara de mi vida. Sentí un escalofrío.

—Supone bien, señora Watson, durante veinte años hice eso, viajar por el mundo. Tenía tarjetas diamante, platino o titanio en todas las aerolíneas. Y si existiera una de kriptonita, también me la hubieran dado. Pero ahora tengo dos prioridades: mis hijos. Y les prometí que viviríamos en el campo para pasar más tiempo con ellos. Así que le ruego que comunique mi agradecimiento a la empresa por su propuesta, pero que se ahorren hacerme una contraoferta. No quisiera hacerles perder el tiempo.

En esos días, mi angustia ante la posibilidad de verme obligada a vender Riverview para devolver el bonus activó mi cerebro a buscar una idea con la que emprender un negocio que me permitiera trabajar desde casa y también rescatar a mi equipo de Lin Li y de Marcus. A ratos, incluso logré olvidarme de John.

El chispazo me vino hojeando los álbumes de fotos de mi familia, un tesoro que me entregó mi madre cuando supo que apenas le quedaban unos días. Los encontré en una caja una tarde que fui a husmear a la buhardilla, un territorio del que se habían adueñado los monstruos. Me senté en el suelo bajo la ventana, que el sol proyectaba en la pared de enfrente. La sombra del marco y los listones de madera que sujetaban sus doce cristales fue ascendiendo frente a mí mientras atardecía. Ese día, allí sentada, viajé en blanco y negro a través del tiempo.

En el primer álbum vi una foto de mi madre sentada en el regazo de mi abuela posando en el estudio de un fotógrafo, las dos vestidas de blanco. En otra aparecía uniformada y con una cartera de cuero a la espalda, lista para su primer día de colegio. Luego había fotos jugando a saltar la cuerda con dos amigas y nadando en la piscina y paseando a caballo en la finca con mi abuelo. También me fijé en una muy tierna en la que sujetaba un ramillete de flores con una mano.

Abrí el siguiente álbum y vi a mis padres de novios, tan jóvenes, cenando con unos amigos. En otra se miraban embobados en la puerta de la iglesia el día que se casaron. Me sorprendió lo hermosa que estaba mi madre embarazada de mi hermano. Y me emocionó verla conmigo recién nacida, abrazándome como si nunca fuera a soltarme. Y así recorrí álbum tras álbum hasta la última foto, en la que tú y yo, Andre, ya adolescentes, nos asomábamos por las ventanas de aquella casa de muñecas, la que mi abuela nos construyó en la finca de Llanogrande.

Al dejar el último álbum en la caja, el sol se puso y me quedé en la penumbra pensando: «¿Y si pudiera escuchar la voz de mi madre contándome la historia de cada foto? ¿Y si pudiera saber qué sintió ella en cada uno de esos momentos?».

Esa noche, mi cerebro despegó sin piloto, como hacen los sueños y, a una hora incierta, me desperté sobresaltada. Encendí la luz de mi mesilla, busqué un papel en mi escritorio y apunté la idea que andaba dándome vueltas por dentro: «¿Y si hubiera una *app* a la que puedas contar tus recuerdos y, a partir de las fotos y vídeos que has hecho, componer tu historia?».

Al día siguiente, me desperté temprano, fui por café y, aún en pijama, me puse a ordenar mis ideas:

*Llevamos años subiendo vídeos y fotos a las redes y a la nube, queriendo o sin darnos cuenta. No hay humano con paciencia para organizar todo eso. Pero un buen algoritmo podría ayudarnos a seleccionar los momentos importantes de nuestra vida para luego enriquecerlos con notas de voz que capturen nuestros recuerdos y nuestras historias. Y también con las canciones que asociamos a esos momentos; todos tenemos nuestra propia banda sonora. Y así podríamos compartir con nuestros seres queridos el* timeline *de nuestra vida, o solo una parte: cómo nos fue en un viaje o qué hicimos el último verano. Una nueva aplicación podría hacer todo esto. Se llamará TimeLife.*

Ojalá que mi idea te guste, Andre. Aún está muy verde, pero espero madurarla con mi equipo y persuadirlos de que nos lancemos a emprenderla. Es la única cosa que ahora me anima.

Unos días después, cuando paseaba por el jardín, vi abierto el portón del invernadero, construido con el mismo ladrillo de la casa y ubicado al costado. Wilson lo utilizaba para almacenar sus herramientas de trabajo, pero apenas ocupaba una parte de sus noventa metros cuadrados. Entré a curiosear y me detuve en el centro. A seis metros de altura, su espléndida claraboya filtraba la luz del sol. Cerré los ojos y lo vi claro: esta será la oficina de mi *start-up*. Al día siguiente, estuve planeando con Sebas, un arquitecto de interiores colombiano, dónde poner los escritorios, las lámparas colgantes y una mesa de reuniones para ocho personas. Tener un nuevo proyecto me levantó el ánimo y me puse manos a la obra. En esas estaba, barriendo y apartando trastos, cuando Oliver y James aparecieron en el invernadero con cara de haber roto algo.

—¿Cómo andan, chicos? —los saludé sin dejar de barrer.

—Mamá, tenemos que contarte una cosa —dijo Oliver.

—Adelante, soy todo oídos —dije apoyándome en la escoba con las dos manos.

—Anoche, cuando hablamos con papá, nos preguntó algo.

—Ajá.

Se quedaron en silencio, mirando al suelo.

—¿Y qué les preguntó?

—Si nos gustaría ir a San Diego —respondió James.

—Está bastante lejos, pero no veo inconveniente en que algún día vayamos. De hecho, California es un estado que apenas conozco. Estuve un par de veces en San Francisco, pero fue en viajes de trabajo, y todo el turismo que hice fue ir del aeropuerto al hotel y del hotel al aeropuerto.

—Papá no se refería a un viaje de turismo —precisó Oliver.

—¿A qué se refería entonces?

—A irnos a vivir con él.

—¡Menuda ocurrencia! Su padre ha debido de golpearse la cabeza haciendo surf —dije sarcástica.

—Nos ha prometido comprarnos dos tablas —añadió James.

—¿Están hablando en serio? —pregunté incrédula.

—También nos mostró el colegio al que iremos. Está cerca de su casa y cerca de la playa —me explicó James.

—¿¡Cómo que *iremos*!? No, no, no, no. Ustedes no van a ir a ninguna parte —dije tajante, y ellos me esquivaron la mirada. James con las manos en los bolsillos, y Oliver dibujando con la punta del pie en el suelo.

—¿Y ustedes qué le dijeron a su padre? —pregunté inquisitiva.

Los dos enmudecieron.

—Chicos, ¿qué le dijeron? —volví a preguntar, ahora lentamente, hablando en voz baja, tratando de prepararme para una respuesta dolorosa.

—Que si podemos ir en dos semanas, al terminar las clases —respondió Oliver con la indolencia del que ve estamparse un mosquito en el parabrisas. Yo dejé caer los brazos, y la escoba golpeó en el suelo retumbando en el cristal de la claraboya. Luego cerré los ojos y respiré profundo. Al volver a abrirlos, dos lágrimas se asomaron. Parpadeé varias veces para secarlas, y James se acercó a abrazarme por la cintura.

—Mami, no te preocupes, será solo por un año —me susurró con la cabeza apoyada en mi pecho.

Esa noche fui a hablar con los chicos. Luego llamé a Bryan.

—¡No puedo creerlo! ¡No puedo creer que te hayas atrevido a jugármela de nuevo! Como si no hubiera sido bastante que me engañaras con otra, o quién sabe con cuántas, y que luego te marcharas sin avisar, de un día para otro, dejando sin padre a nuestros hijos, quitándote de en medio miserablemente, dejándome a mí con todo… cuando James apenas tenía tres años, con su implante recién puesto, y con Oliver muerto de celos. Cuando más atención necesitaban, les dices que te vas a un viaje largo, desapareces del mapa, tranquilizas tu conciencia enviándoles algo de dinero, les haces videollamadas los domingos por la noche, los fascinas con tu vida de surfista, y ahora reapareces, de repente, prometiéndoles dos tablas para que se vayan a vivir contigo, ¡a California!, a empezar una nueva vida, a disfrutar de la playa, a tomar el sol, a coger olas… ¡No puedo creerlo! No puedo creer que hayas manipulado a nuestros hijos de esta manera, que te aproveches de que apenas son unos niños para meterles en la cabeza que se vayan a vivir contigo. ¡Son unos niños, Bryan! ¿¡Es que no te das cuenta!? Y ahora, más que nunca, necesitan a su madre, la que los ha criado sola, la que ha dejado todo para estar con ellos. ¡No puedo creerlo!

—Tengo cáncer.

—¿¡Qué!?

—Me han dado dos años de vida —dijo con una serenidad que enterró mi furia bajo un manto de nieve. Me senté en la cama, respiré hondo y miré por la ventana. El día no se había marchado del todo y silueteaba el horizonte con una cresta de luz. Algunas estrellas empezaban a encenderse en el firmamento.

—¿Dos años? —pregunté tratando de sonar compasiva.

—Es de páncreas. Dos años. Tres como mucho. He empezado un tratamiento nuevo. Puedo hacer vida normal por un tiempo.

—Define «vida normal» —le pedí, y ahora fue Bryan quien se detuvo a pensar un momento.

—Abrazar a mis hijos. Jugar con ellos. Pedirles perdón. Dejarles un buen recuerdo.

Al día siguiente, volví a hablar con los chicos y, cuando asumí su marcha como inevitable, caí enferma, no sé si de gripa o de pena. Antes de acostarse, María vino a mi habitación a recoger la bandeja con la cena que me había preparado: una taza de caldo y una tortilla francesa. También me trajo un termómetro, y, mientras me tomaba la temperatura, le pedí que se sentara a mi lado en la cama.

—¿Cómo está, señora Sara?

—Rota por el eje. Sé que no he sido una madre perfecta. Sé que he cometido muchos errores. Pero nadie te explica cómo ser a la vez una esposa, una madre y una ejecutiva. Nadie te explica cómo llegar a todo sin perder el equilibrio, sin sentir permanentemente que a todos les debes algo, que no estás a la altura, que tu vida es un fracaso.

—Su vida no es un fracaso, señora Sara. Ni más faltaba.

—Mire mi cuenta de resultados: he perdido en el amor, estoy a punto de perder a mis hijos, he perdido mi trabajo y, si pierdo un juicio pendiente, puede que hasta pierda esta casa.

—A usted aún le queda mucha vida. Es demasiado pronto para juzgarla.

—Así es como te juzga la sociedad. Así es como me juzgarán mis colegas. Así es como me juzgo yo misma.

—Mi Dios no es tan severo.

—Ese se ha olvidado de mí por completo.

—No pierda la esperanza. Él nos cuida.

Unos días después, Wilson hizo sonar tres veces el timbre de la reja. Me asomé y vi entrar el Bentley de la señora Brooks, esta vez conducido por el señor Bell. Bajé sorprendida a la entrada:

—Buenos días, como albacea designado por la señora Brooks, vengo a entregarle personalmente una copia de su testamento. Se ve que la apreciaba de una manera desmedida. Tiene los detalles de su herencia en este documento. Léalo y luego hágame saber si la acepta para proceder a ejecutarla —dijo entregándome un sobre sin bajarse del Bentley.

En cuanto salió de Riverview, subí a mi habitación y me senté en la cama. Abrí el sobre lacrado y empecé a leer detenidamente cada párrafo. Al llegar a la segunda página, vi que bajo mi nombre decía:

*Hay personas que aparecen en el momento adecuado de nuestra vida. No vienen solas; son enviadas. Y logran que una las quiera como si fueran de su familia. Dejo a Sara veintidós millones de libras. Ella sabrá usarlas de una manera apropiada.*

Andre, ya sabes que nunca me gustaron las despedidas. Así que seré breve:

Esta mañana envié a mi equipo una invitación a venir a Riverview. Para reencontrarnos, para conocer la casa y también para presentarles mi idea de negocio. Ya tengo el invernadero preparado. Los espero el próximo sábado a las once. Pensaba traerlos más adelante, pero lo he precipitado debido a los últimos acontecimientos: la inesperada herencia de la señora Brooks y lo que Helen me ha contado. Al parecer, Marcus ha impuesto un recorte de gastos descabellado, ha anunciado un inminente plan de despidos y les ha sugerido aprender chino. Temen que quiera llevarse a Shanghái los *headquarters*. La gente está que echa humo.

Esta tarde he estado revisando mis archivos en la nube y he hecho la selección para cada episodio de mi historia desde que perdimos el contacto. Cuando tú recibas esta carta, aparecerá todo integrado en una especie de audiolibro enriquecido con fotos, canciones y vídeos. Ahora me toca hacerlo de una manera rudimentaria, porque esta carta es un prototipo. La primera versión de TimeLife. «Matemos dos pájaros de un tiro», ese fue siempre nuestro lema. Pero a mi equipo no pienso mostrarles todo, solo algunos episodios. Aquí hay muchas intimidades que solo puedo compartir contigo.

Andre, qué difícil es despedirse cuando quieres reencontrarte y volver a compartir la vida con una amiga a la que *despriorizaste*. Ha sido doloroso reunir los pedazos de este corazón roto, pero aquí te los entrego. Solo alguien como tú puede ayudarme a pegarlos de nuevo y a seguir adelante, a volver a creer que me queda vida aquí dentro, que podemos ser felices como entonces, pero en este lado. Hoy, aquí, ahora.

Me ha salido largo este mensaje, pero siento como si te lo enviara en una botella. Confío que, cuando cruce el océano y te llegue, veas, escuches y sientas qué ha sido de mí todo este tiempo. Daría lo que fuera por ver la cara que pones. Me muero por darte un abrazo y por saber cómo te ha ido a ti con todo lujo de detalles. Mis millas están listas para traerte en el próximo vuelo, y mi casa, abierta para recibirte como mereces.

Andre, no puedo dejar de incluir este anexo antes de hacerte llegar mi TimeLife. A Dios no lo veo y no lo oigo, pero empiezo a creer que me envía cartas. Déjame que te lea la que Martha dejó esta mañana en el buzón de la reja de Riverview. La vi llegar desde mi ventana. Está escrita con una letra temblorosa y femenina. Dice así:

*A John, el amor de mi vida, el hombre que recibí como regalo, el padre de mis hijos:*

*Sé que voy a morir pronto. No sé si me quedan días o si son solo unas horas. Mi amor, ya sabes cuánto te quiero, tantas veces te lo he dicho, pero hay algo que me gustaría dejarte escrito. Hemos viajado juntos desde muy temprano. Éramos solo unos niños. A ti apenas te salía la barba y yo aún me peinaba con trenzas. Recuerdo cuando me acompañabas al colegio a unos metros para asegurar que nadie se me acercara y yo fingía no darme cuenta. Recuerdo todo lo que me has amado desde que me diste el primer beso. Tanto que me has dejado conocerte sin filtros. Tanto que hasta creo conocer tu corazón mejor que el mío. Sé que pronto sufrirás un dolor indescriptible y que te espera un largo duelo. Por eso, a Dios le pido que te ayude a romper el juramento que me hiciste hace unos días. Nuestros hijos necesitan una madre. Y tú, una esposa. Tienes un corazón bueno. Deja que él te guíe.*

*Claire*

Al final de la carta hay estas letras, escritas con lápiz de carpintero y un trazo que ya conozco:

*He encontrado la llave. No estaba en el río. La hallé en el cajón de la mesilla de Claire. Hasta anoche no me atreví a abrirlo.*

*Esta tarde iré a The Bear.*

Álvaro González Alorda

agalorda

agalorda

agalorda

alvarogonzalezalorda

Deja tu reseña sobre #Riverview en Amazon.

De pequeño quiso ser reportero de guerra para viajar por el mundo y contar historias. Pero la vida lo llevó a encontrar en la consultoría una forma insospechada de cumplir su sueño: ha colaborado en la transformación de más de cien empresas en treinta países. Así descubrió que la verdadera transformación acontece en el corazón de cada persona, el lugar en el que suceden las grandes batallas, el lugar donde encontrar las historias.

Es socio director de **emergap** y profesor en **Headspring** (by Financial Times & IE). Ha publicado tres libros de *management*: *Los próximos 30 años* (Alienta, 2010), *The Talking Manager* (Alienta, 2011) y *Cabeza, corazón y manos* (Alienta, 2020). *Riverview* es su primera novela.

Made in the USA
Las Vegas, NV
14 April 2022

47385954R00166